H. B. Gilmour & Randi Reisfeld

Magic Sisters

Quelle des Unheils

H. B. Gilmour & Randi Reisfeld

Magic Sisters

Quelle des Unheils

Band 2

Aus dem Amerikanischen
von Uta Laesche

Ravensburger Buchverlag

Als Ravensburger Taschenbuch
Band 54347
erschienen 2009

Dieses Werk wurde vermittelt durch die
Literarische Agentur
Thomas Schlück GmbH, 30827 Garbsen

Die Originalausgabe erschien 2002
unter dem Titel
»T*Witches – Building a Mystery«
bei Scholastic Inc. New York
Published by arrangement with Scholastic Inc.

Erstmals erschienen im
Ravensburger Buchverlag 2002
als Band 2 der Serie »Witches – Hexengirls«
unter dem Titel »Witches – Hexengirls.
Warnung aus der anderen Welt«

Umschlaggestaltung: Dirk Lieb unter
Verwendung zweier Fotos von
Duncan Walker (iStockphoto)
und Nicolas Bertraud (getty images)
sowie einer Illustration
von Ferenc B. Regös

Printed in Germany

1 2 3 4 5 13 12 11 10 09

ISBN 978-3-473-54347-2

www.ravensburger.de

Dem Andenken an Deanna Reisfeld,
mit Dank für Inspiration und Unterstützung –
und für die rothaarigen Zwillinge

In Liebe und Dankbarkeit – PJ und Fred

Kapitel 1

DIE RÜCKKEHR

»Hexeninsel« nannten sie die Menschen auf dem Festland. Natürlich hatte sich noch keiner von ihnen je getraut, die Insel zu betreten. Und nur wenige hatten sie überhaupt schon einmal klar sehen können.

Sie war eine von mehreren Dutzend kleiner, bewaldeter Inseln vor den eisigen Ufern des Michigansees. Und sie war die einzige, die oft von rätselhaften grauen Nebelschwaden umgeben war. Dieser düstere Schleier verhinderte, dass man aus der Entfernung die sorgfältig gepflegten Gärten, die bezaubernden Steinhäuschen und das malerische Dorf erkennen konnte, das fröhlich in allen Farben des Regenbogens leuchtete.

In Wirklichkeit hieß die Insel Coventry Island.

An einem klaren Tag Anfang September marschierten ein alter Mann mit papierdünner Haut und schlohweißen Haaren und sein Lehrling, eine schöne junge Frau in wallendem blauen Umhang, durch den Wald von Coventry Island auf den in Nebel gehüllten See zu.

Der alte Mann trug zwei Koffer. Beide gehörten seiner Begleiterin, die selbst in diesem dunklen Kiefernwald ihre auffallend große Sonnenbrille nicht abnahm. Zweifellos diente das als Vorbereitung auf ihre geplante Reise nach Kalifornien.

Der Alte hatte es aufgegeben, mit ihr Schritt halten zu wollen. Er war zufrieden, hinterherzuhinken und nur das eine oder andere Wort ihres Geplappers mitzubekommen.
»Ich verstehe einfach nicht, warum Ihr es mich nicht versuchen lassen wollt.« Die junge Frau wirbelte plötzlich herum. »Die Ratsversammlung hat doch angeordnet, dass ich eine aktivere Rolle im Leben und in der Ausbildung der Mädchen einnehmen soll ...«
»Und so wird es auch geschehen, Ileana.« Er stellte die schweren Koffer auf den Boden und stöhnte leise. »Ich habe auch genau den richtigen Auftrag für Euch, wunderbare Hexe ...«
»Göttin«, verbesserte Ileana ihren bejahrten Lehrmeister. »Es ist einfach nicht fair. Ganz und gar nicht fair. Ihr habt selbst gesagt, dass ich weitaus begabter bin als der Durchschnitt. Und die Zwillinge, diese verblüffend talentierten jungen Hexen, für deren Wohlergehen ich als Vormund verantwortlich bin, sind wirklich sehr schwer zu beaufsichtigen. Das müsst Ihr doch einsehen, Karsh: Wenn ich erst mal die Kunst der Verwandlung beherrschte ...«
Verwandlung. Da war das Wort schon wieder. Ileana war eine hervorragende Hellseherin und schon vor ihrem zwanzigsten Geburtstag imstande gewesen, Gedanken zu lesen. Aber noch war sie viel zu leichtsinnig, um eine solch anspruchsvolle Fähigkeit zu erlernen. »Verwandlung ist die Kunst der Mächtigen, Ileana«, erklärte er zum wiederholten Male. »Die Kunst, einem menschlichen Wesen die Gestalt eines anderen zu verleihen.«
»Nun, Ihr seid doch ein Mächtiger«, erwiderte sie hitzig. »Und dennoch habt Ihr diesen ungeschlachten Verrückten in eine
 kriecherische Schlange verwandelt.«
»Falls Ihr auf Lord Thantos anspielt ...«, begann der alte Hexer.
»Weshalb nicht in eine Schildkröte? Eine Schnecke? Irgend-

etwas, das sich leicht fangen lässt!«, fuhr die junge Hexe fort, grauäugig und herrlich in ihrem Eifer. »Herrin im Himmel, Karsh, Ihr hättet Euch doch in alles und jeden verwandeln können! Und diese bösartige, schwarzbärtige Bestie ebenso.«

Der alte Mann, in seinem schwarzen Samtanzug und den dünnen Schuhen, stieß einen Seufzer aus. »Es war der schnellste und einfachste Zauberspruch, der mir einfiel«, erklärte er erneut, mit seiner seltsamen, kratzigen Stimme. »Lord Thantos hatte gerade …«

Ein dicker, orange gestreifter Kater, er strich um seine Beine und brachte ihn beinahe zum Stolpern, erschwerte ihm das Gehen noch mehr. »Kusch, Boris«, befahl er.

»Komm zu mir, mein Süßer«, rief die schöne junge Hexe das Tier. Gehorsam sprang Boris in ihre Arme. Allerdings nicht, ohne vorher noch nach ihrem geblümten Seidenumhang zu schnappen.

»Lasst das bitte, schont das Tier!«, bat der erschöpfte alte Mann. Doch es war zu spät. Ileanas Zorn auf den Kater war bereits entbrannt. Und sie hatte den Zauberspruch schon zur Hälfte vollendet. Wenn er sie jetzt unterbrechen würde, bliebe der arme Boris zum Teil Katze, zum anderen Teil ein zappelnder Wurm – und wer konnte schon sagen, welcher Teil dem Tier dann den Namen geben würde?

Also wurde ihr Marsch noch weiter verzögert, während Karshs eigensinnige Schülerin ihren Kater in eine Raupe verwandelte, nur um dies auf Karshs Anordnung hin anschließend wieder rückgängig zu machen.

»Seht Ihr? Ebenso leicht hätte ich Boris in eine Schlange verwandeln können«, grummelte sie. »Das war der erste Zauberspruch, den Ihr mir damals beigebracht habt – als ich zehn Jahre alt war! Ein Kinderspruch, Karsh, keiner, mit dem man

Lord Thantos aufhalten kann!« Sie räusperte sich. »Thantos ist ein Mörder. Er hat seinen eigenen Bruder getötet«, fuhr sie fort. »Es war unsere Aufgabe, ihn auf die Insel zurückzubringen, damit er sich der Ratsversammlung stellt.« Ileana schlang ihren dunklen Seidenumhang enger um ihren Körper. »Und das wäre uns auch gelungen, wenn Ihr ihn in etwas verwandelt hättet, das sich leicht einfangen lässt. Aber nein. Ihr zogt es vor, Euren Mit-Mächtigen, den hinterhältigen Lord Thantos, in ein flinkes, gleitendes Band, ein scheußliches Reptil zu verwandeln, das sich durchs Unterholz in die Freiheit geschlängelt hat. Und das ist er jetzt auch, Karsh, frei! Und er hat es Euch zu verdanken. Es steht ihm frei, Apolla und Artemis mit seiner finsteren Magie zu verfolgen. Es steht ihm frei, sie zu ergreifen und anschließend zu versklaven – die beiden sind doch nur Kinder. Unschuldig. Wehrlos.«

Blödsinn, dachte Karsh. Apolla und Artemis – oder Camryn und Alexandra, wie man sie jetzt nannte – waren weder unschuldig noch wehrlos. Sie waren vierzehn Jahre alt, keine Kinder mehr. Und nur Kinder schon gar nicht.

Sie waren herausragende junge Hexen. Jugendliche Meister, die sich ihrer Talente rasch bewusst wurden. Von Anbeginn war viel von ihnen erwartet worden – Zwillingstöchter von Aron und Miranda, zwei der mächtigsten und verehrtesten Vertreter ihres Handwerks.

Apolla – die starke, gelassene Schönheit, die nunmehr Camryn genannt wurde – war nach dem mythischen Herrscher der Sonne benannt worden.

Artemis – oder auch Alexandra, rastlos und rebellisch – nach der griechischen Göttin des Mondes.

Beide waren geschickte, mitunter grimmige Jägerinnen. Aber wie jene, nach denen sie benannt waren, war auch den Mädchen eine schützende Liebe für Tiere und Kinder zu eigen – überhaupt für alles Unschuldige, was in Gefahr schwebte.

Es war, dachte Karsh, als könnten sie sich noch an diesen schrecklichen Tag erinnern, an dem ihr Vater gestorben war, ihre Mutter ins Unglück gestürzt wurde und ihr Onkel sie rücksichtslos durch die Wälder von Coventry Island verfolgt hatte. Ihr Onkel, der mächtige Lord Thantos.

Sie waren zu dieser Zeit noch Säuglinge gewesen, so winzig, dass Karsh in jeder seiner Hände eine von ihnen hatte tragen können. Um ihr Leben zu retten, hatte man sie rasch voneinander getrennt, sie vom Ort ihrer Geburt fortgebracht und sie Beschützern anvertraut, die Karsh ausgewählt hatte und bei denen sie aufwachsen sollten.

Eines der Kinder war ins ländliche Montana gekommen, nach Crow Creek. Das andere ins kleinstädtische Marble Bay in Massachusetts. Vierzehn Jahre lang hatten dreitausend Kilometer zwischen ihnen gelegen, keine von beiden hatte von der Existenz der anderen gewusst. Und dennoch hatten sie einander vor drei Monaten gefunden.

Und nur wenige Wochen nach ihrer ersten Begegnung war es notwendig geworden, dass sie unter einem Dach wohnten.

»Und genau deshalb sind sie in Gefahr geraten … in Thantos Nähe!«, platzte es aus Ileana heraus, die Karshs Gedanken gelesen hatte. »Ihr betrügerischer Onkel hatte keinerlei Interesse daran, nur eine von ihnen zu stehlen. Er will sie immer beide. Getrennt voneinander sind sie wertlos für ihn. Nur gemeinsam werden sie ihre wahre Macht und die glühende Magie nutzen können, ihr Erbe vervollkommnen. Wenn Ihr nicht beschlossen hättet, sie zusammenzubringen – natürlich noch dazu ohne mich vorher zurate gezogen zu haben –, dann hätte sie Thantos vielleicht niemals aufgespürt. Allein Ihr habt es zu verantworten, dass der gierige Attentäter sie beinahe in seine Gewalt gebracht hätte …«

»Es ist ihm aber nicht gelungen, Ileana. Nur das zählt.«

»Aber es wird ihm noch gelingen! Oh bitte, Karsh, bitte«, flehte sie, völlig Ileana-untypisch. »Lehrt mich das Geheimnis der Verwandlung. Ich könnte Euch und den Mädchen so viel besser zur Seite stehen, wenn ich eine andere Gestalt annehmen könnte.«

Der erschöpfte Mächtige blickte in die verblüffend grauen Augen Ileanas, seines Lehrlings. Einen Moment lang betrachtete er sie aufmerksam. »Ihr enttäuscht mich«, sagte er, nachdem er ihre Gedanken durchdrungen hatte. »Nicht zum Wohl von Camryn und Alexandra erbittet Ihr dieses kostbare Wissen, sondern um Brice Stanley damit zu beeindrucken!«

Er nahm ihr Gepäck und machte sich wieder auf den Weg.

»Das ist so unfair!« Ileana, die auf ihrer letzten Reise nach Los Angeles entdeckt hatte, dass ihr Lieblingsfilmstar Brice ein ausgebildeter Hexer war, eilte Karsh nach. »Ihr habt nur die allerletzte meiner Ideen gelesen«, beschuldigte sie ihn. »Ein alberner Einfall, weiter nichts. Es geht mir wirklich um die Kinder. Thantos wird sicherlich wieder versuchen, sie in seinen Bann zu ziehen …«

»Ich habe genug gehört«, versuchte Karsh, sie zum Schweigen zu bringen.

»Wenn Ihr meine Anordnungen als Vormund befolgt und sie nicht zusammengebracht hättet, wäre ihr blutdürstiger Onkel niemals in der Lage gewesen, sie zu finden«, behauptete Ileana. »Und doch wollt Ihr mir nicht geben, was ich benötige, um sie zu retten.«

»Eure Anordnungen?« Nur selten verspürte der alte Mächtige Zorn auf die eitle junge Hexe. »Welchen Nutzen hätte das

Geheimnis der Verwandlung denn für Euch?«, spottete er. »Lord Thantos wird so schnell nichts Neues gegen die Mädchen unternehmen. Obschon er ihr Onkel ist und ein Hexer von enormem Reichtum und großer Macht, so weiß er doch, dass wir in der Nähe sein werden. Beobachtend. Abwartend. Er weiß, dass er hier auf der Insel gesucht wird und dass er früher oder später zurückkehren muss, um sich der Ratsversammlung zu stellen. Was Euch betrifft, Ileana, so mögt Ihr Anregungen liefern, Bitten vortragen … aber mir Anordnungen erteilen? Niemals!«
»Ich bin schließlich für ihre Sicherheit verantwortlich. Ich bin ihr Vormund«, widersprach sie.
»Wie ich für Eure Sicherheit, obschon Ihr es oft genug zu vergessen scheint«, grummelte Karsh.
Störrisch schmollend wandte ihm Ileana den Rücken zu. »Wenn Thantos sich irgendwo versteckt hält, wird er jemand anderen schicken, um die Zwillinge zu ergattern«, argumentierte sie.
»Ganz richtig«, erwiderte Karsh. »Und wen wird er Eurer Meinung nach dafür auswählen?«
»Keine Frage. Jemanden, den Apolla und Arte …«
»Camryn und Alexandra!«, erinnerte er sie.
»Na schön. Jemanden, den Camryn und Alexandra für einen Freund halten werden«, fuhr Ileana fort. »Thantos wird jemanden schicken, den die arglosen, großzügigen Mädchen anziehend finden. Irgendeine verzweifelte Kreatur, ein verkrüppeltes Tier oder ein verirrtes Kind, ein gequältes Wesen, das ihren Schutz und ihre Liebe zu brauchen scheint. Jemand, der fürsorglich zu ihnen ist, bis der Zeitpunkt gekommen ist, an dem er …«
»Oder sie«, schlug Karsh vor.

»Oder sie«, stimmte Ileana zu. »Bis der Zeitpunkt gekommen ist, an dem Thantos' Bote die beiden direkt an seinen mörderischen Auftraggeber ausliefert.«

»Dann muss jemand sie warnen«, sagte Karsh.

»Natürlich«, bestätigte Ileana unüberlegt. »Nein!«, protestierte sie dann. »Nicht ich! Das kann nicht Euer Ernst sein. Ich bin auf dem Weg nach Kalifornien. Ich bin mit Brice Stanley verabredet.«

»Das war sicher so. Jetzt seid Ihr es nicht mehr.« Grinsend schwenkte Karsh seine knochigen Finger wie ein Zirkuszauberer. »Simsalabim, Euer Plan ist hin! Ihr seid auf dem Weg nach Marble Bay!«

Kapitel 2

VERRAT

Dies war der Moment, vor dem es Alexandra Fielding gegraut hatte.

Aber das würde sie sich natürlich auf keinen Fall anmerken lassen. Vor allem nicht in Gegenwart der beiden, die sie hierhergeschleppt hatten.

Alex stand trotzig vor der Pizzeria, zwischen Cam, genauer Camryn Barnes, ihrer Zwillingsschwester, und deren großer, schlaksiger, bester Freundin Beth.

Auch Cams Bruder Dylan war dabei. Ein origineller Typ, fand Alex – mit den zwei Ringen in seinem rechten Ohrläppchen und seinen langen blonden Haaren, die er zu einem Pferdeschwanz zusammengebunden hatte. Dylan, der ein knappes Jahr jünger und einen Kopf größer war als Alex und Cam, war erst vor wenigen Wochen von einem Extremsport-Lager zurückgekehrt – und wirkte schon jetzt vollkommen mit den seltsamen Tatsachen vertraut, die ihn hier erwartet hatten.

Seltsam? Nun ja, er hatte erfahren, dass seine heiß geliebte ältere Schwester in Wirklichkeit adoptiert war. Total seltsam! Man hatte ihm mitgeteilt, dass die ganze Familie – die Eltern plus Cam und ihre allerbeste Freundin Beth – durch Zufall dreitausend Kilometer von zu Hause entfernt dem exakten

Spiegelbild dieses Cam-Kindes begegnet waren: Alexandra Fielding. Und als wäre das noch nicht genug, hatte er feststellen müssen, dass sein gemütliches, vollgerümpeltes, dezent nach alten Socken riechendes Zimmer in seiner Abwesenheit desinfiziert und umdekoriert worden war.

Nach Alex' Auffassung machte die Mühelosigkeit, mit der Dylan all das akzeptierte, ihn eindeutig zum coolsten Mitglied der Barnes-Sippe. Ihr gefiel die Freude, die sich nun in seinen blauen Augen widerspiegelte, als er beobachtete, wie seine für gewöhnlich so erfolgreiche Schwester darum kämpfte, ihren Willen durchzusetzen.

»Jetzt komm schon, Alex.« Cam warf ihre kastanienbraunen Haare zurück, zupfte einen Fussel vom Ärmel ihres cremefarbenen Kaschmirpullovers und begann, mit dem zierlichen Amulett in Form einer lächelnden Sonne herumzuspielen, das an der Kette um ihren Hals hing. »Wir bestellen eine Cola und ein Stück Pizza und du wirst endlich meine anderen Freunde kennenlernen.«

»Du hast mich bewusst unter falschen Voraussetzungen hierhergelockt.« Störrisch verschränkte Alex die Arme. »Du hast mit keinem Wort erwähnt, dass du dich hier mit deiner ganzen Clique verabredet hast …«

»Glaub mir: Du wirst sie mögen«, beharrte Cam.

»Klar. Wenn man Zuckeraustauschstoffe mag.« Dylan grinste. »Du weißt schon: zum Kotzen süßlich, aber durchaus in der Lage, ein paar Laborratten um die Ecke zu bringen.«

Cam warf ihrem Bruder einen bösen Blick zu. »Mach's einfach wie alle anderen und beachte ihn gar nicht«, riet sie Alex.

»Jedenfalls«, mischte sich ihre ständige Begleiterin Beth ein, »wollen dich alle unsere Freunde von der Clique unbedingt treffen.«

Aus den Augenwinkeln bemerkte Alex ihr Spiegelbild im Fenster des Restaurants. Abgesäbelte braunrote Haare, durchzogen von blauen Strähnen. Schäbige kurze Hosen, die sie aus einer alten Jeans gemacht hatte. Viel zu großes Sweatshirt. Totenkopf-Kette. Und so viele klimpernde Armreifen an ihrem Handgelenk, als habe sie ihre Faust durch einen Slinky gequetscht.

Nach Beths Ankündigung fand sie ihre Klamotten längst nicht mehr so überzeugend wie heute Morgen, als sie nach etwas gesucht hatte, das Cam und Beth schocken würde. Aber jetzt die ganze Clique! Nein. Es kam nicht infrage, auf GAR KEINEN FALL, dass sie sich so der Designer-Gang stellen würde, die förmlich danach lechzte, sie zu begutachten.

Und wessen Schuld war es, dass sie aussah wie ein Wirklichkeit gewordener Wohnwagengesindel-Albtraum? Hatte ihr Emily, Cams Mom, nicht vorgeschlagen neue Klamotten für die Schule zu kaufen, die am Montag anfing? Aber nein, Alex hatte darauf bestanden ihre eigenen, fiesen Sachen zu behalten und weiter in dem Passt-schon-Stil rumzulaufen, den sie seit ihrer Ankunft in Massachusetts zur Vollendung gebracht hatte.

Ankunft?

Ankunft war eine sehr unzulängliche Erklärung dafür, wie sie hierhergekommen war, dachte Alex. Sie war eigentlich eher aufgetaucht als angekommen. Sie war erschienen. Aus dem Nichts.

Gerade noch saß sie auf den von der Sonne aufgeheizten Stufen vor ihrem schäbigen Wohnwagen in Crow Creek, Montana, und schon klopfte sie an der Tür von Camryn Barnes schicker Casa in Marble Bay, Massachusetts. Camryn Barnes, ein Mädchen, dem sie durch Zufall im Sommer über den Weg gelaufen war. Eine Fremde, die komischerweise am gleichen Tag Geburtstag hatte wie Alex – und auch die gleichen metallisch grauen Augen und diese undefinierbare Nase und die schmollenden Lippen … und die gleiche Angst, dass mit ihr etwas nicht stimmte, weil sie irgendwie anders, völlig anders war als normale Kids.

Es stellte sich heraus, dass sie Zwillinge waren.

Alex hatte es nicht glauben wollen, bis sie den Untersuchungsbericht des Labors vor der Nase hatte.

Sie und Cam – dieser schwungvolle, schlaue, Fußball spielende, reiche Teenie – waren identisch. Gleicher als ein Ei dem anderen. Geklont. Zusammenpassende Spiegelbild-Schwestern, die sich niemals begegnet waren, bis Cams Familie während ihres Urlaubs beschloss, einen lustigen Nachmittag im Big Sky zu verbringen, dem Erlebnispark in Montana, in dem Alex zufällig jobbte.

Dann geschah alles Weitere fürchterlich schnell. Fürchterlich und schnell, um genau zu sein.

Alex' Mom war gestorben, und zu ihrer Beerdigung erschien dieser dürre alte Typ mit den weißen Haaren – Alex nannte ihn Doc. Er hatte ihr, die voller Panik über ihre Zukunft nachdachte, irgendein duftendes Zeugs namens Helmkraut gegeben, um sie zu beruhigen. Es machte sie schläfrig. Das Letzte, woran sie sich erinnern konnte, war Docs Stimme: »Ich habe da so eine Idee.«

Und dann hatte er sie hierhergebracht. Marble Bay, Massachusetts, Heimatort von Camryn Barnes – die sich als Alex' verschollene Zwillingsschwester entpuppt hatte.

Wenn man das alles irgendjemandem erzählen würde, kriegte man sicherlich ein Taxi in die Irrenanstalt spendiert.

Alex wandte sich vom Schaufenster ab und fuhr sich durch ihre stacheligen Haare. »Jetzt spitzt mal eure hübschen pinken

Öhrchen«, sagte sie. »Pizza essen: okay. Freunde meiner bösen Zwillingsschwester treffen: nein.«

Dylan fand das unheimlich lustig. »Bleib standhaft, Als«, ermunterte er sie.

»Entschuldige bitte, Bruderherz. Hattest du nicht einen Termin beim Frisör?«, fragte Cam und blinzelte dem Jungen auffällig zu.

Dylan sah auf seine Uhr. »Mist. Ich bin zu spät dran. Bis später, Schwestern.« Er machte sich aus dem Staub.

Die lange, große Beth mit den drahtigen Haaren und dem von Sommersprossen übersäten Gesicht verdrehte die Augen.

Die beiden kennen sich schon so lange, dass Beth gerade so tut als sei Dylan ihr Bruder, hörte Alex Cam denken. Sie gewöhnte sich langsam daran, die Gedanken anderer mitzubekommen, insbesondere Cams. Sie hatten auch noch weitere Begabungen. Alex konnte Gegenstände bewegen, wenn sie sich darauf konzentrierte. Cam konnte mit ihrem Blick Leute so verblüffen, dass sie stolperten oder fielen. Und manchmal, wenn sie gerade besonders gut drauf war, konnten Cams graue, durchdringende Augen Dinge in Flammen setzen. Sie waren nicht bloß Zwillinge, erinnerte sich Alex. Sie waren Zwillingshexen.

»Zwillingshexen«, sagte Alex laut und Cam kicherte.

Beth warf ihnen einen vorwurfsvollen Blick zu. Irgendetwas war gerade zwischen den beiden abgelaufen und sie war davon ausgeschlossen gewesen. Wieder einmal.

»Lach so viel du willst«, sagte sie säuerlich zu Alex. »Egal, was Dylan sagt, hier treffen sich halt unsere Freunde aus Marble Bay. Ich meine, was hast du denn vor, wenn die Schule wieder anfängt, Alex, willst du die ganze Zeit nur mit Cam herumlaufen?«

Alex ließ den frostigen Tonfall des Mädchens an sich abprallen.

Sie wusste, dass man Beth Fish nicht leicht dazu kriegte, einem die kalte Schulter zu zeigen. Beth war eigentlich fröhlich und unbeschwert, doch es verletzte sie noch immer, dass Cam und Alex so mühelos Freundschaft geschlossen hatten.

Camryn Barnes, Prinzessin der Vorahnungen, spürte es auch.

»Wir kommen schon ewig hierher, stimmt's?« Cam versuchte, Beth ein bisschen aufzuheitern, indem sie auf ihre gemeinsame Vergangenheit anspielte.

Es funktionierte. Beth strahlte. »Unser heiß geliebtes PITS. Das steht für ›Pie in the Sky‹«, erklärte sie Alex.

»Na, das passt ja hervorragend zum Rest dieser niedlichen Stadt, in der alles einen niedlichen Spitznamen hat.« Alex verdrehte die Augen – schwarz umrandet, silbergrau, genau wie Cams.

»Komm schon, Alex«, drängte Cam sie erneut. »Ich hab dem Sixpack versprochen, dass ich dich ihnen vorstelle …«

»Das Sixpack – bah!« Alex zog die Nase kraus. »So viel zum Thema niedlich.« Cam und ihre Freunde nannten sich Sixpack, haha!, weil sie insgesamt zu sechst waren: Cam und Beth und vier weitere Mädchen …

»Es kommen bestimmt nur drei«, sagte Cam – nur um anzugeben, vermutete Alex, nur um zu beweisen, dass sie hören konnte, was ihre Zwillingsschwester gerade dachte.

»Sukari, Amanda und Kristen. Brianna kann heute wahrscheinlich nicht«, fuhr Cam fort. »Sie wartet auf einen Anruf von ihrem Dad.«

»Brees Dad lebt an der Westküste.« Beth wickelte eine der vielen Korkenzieher-Locken um den Finger, die ihr sommersprossiges Gesicht umrahmten. »Er ist ein erfolgreicher Hollywood-Produzent oder so was …«

Bree. Brianna. Der Name kam Alex bekannt vor. Dann fiel es ihr wieder ein. Bree war diese sprudelnde Klatschtante – an ihrem ersten Morgen in Marble Bay hatte Alex ein Telefongespräch zwischen ihr und Cam mitgehört. »Doch nicht etwa Bree, der Staubsauger in Menschengestalt, immer einsatzbereit, wenn irgendwo was nicht ganz sauber ist …«

Beth kicherte erneut. »Du musst sie einfach kennenlernen«, sagte sie und änderte blitzschnell ihre Taktik. »Ich meine, Bree wirkt vielleicht manchmal ziemlich bissig und voller Vorurteile, aber in Wirklichkeit ist sie total sensibel, auch wenn sie so schroff tut …«

»Wie gesagt, wahrscheinlich ist sie ja auch gar nicht da«, versuchte Cam, Alex zu überzeugen. »Aber Amanda wird dir total gefallen, glaube ich. Und Sukari, die ist so eine totale Überfliegerin. Und Kristen. Komm schon, Alex, früher oder später triffst du sie ja doch. Übermorgen fängt die Schule an. Willst du denn nicht vorher ein paar von den Leuten treffen?«

»Sag mal«, erwiderte Alex, »was verstehst du eigentlich an diesem Satz nicht: ›Kommt gar nicht infrage‹ … Soll ich's dir schriftlich geben?«

Plötzlich umwehte sie ein eisiger Luftzug. Alex bekam eine Gänsehaut und spürte ein Prickeln im Nacken.

»Cam?«, fragte sie leise, rieb sich über die Arme und biss vor Kälte die Zähne zusammen. »Merkst du das auch?«

»Was?« Beth blickte sich suchend um.

»Kälte«, erwiderte Cam. »Als wäre die Temperatur mit einem Mal gesunken. Und – hey …« Cam zog die Schultern hoch. Sie wirbelte herum. »Lass das sein«, schimpfte sie. »Wer hat mich an den Haaren gezogen?«

Alex' Augen weiteten sich. »Hast du irgendwas gesagt?«

Ärgerlich verschränkte Beth die Arme. »Klar. Sie hat gesagt, dass ihr kalt ist. Und dann, dass irgendjemand an ihren Haaren gezogen hat. Was soll das alles?«

»Halt«, Alex sprach noch immer zu Cam. »Hast du denn nicht auch gerade behauptet, dass du mir etwas Wichtiges zu sagen hast?«

»Oh Mann. Nicht schon wieder. Nicht gerade jetzt«, ächzte Cam. Aber da war es wieder – dieser Hauch von eisiger Kälte. Alex hörte offenbar eine Stimme, eine Stimme, die nicht ihr, Cam, gehörte. Cam versuchte, die Fassung zu wahren. »Ich wollte nur …«

»Au!« Diesmal war es Beth. Sie hüpfte etwa einen halben Meter in die Luft und legte die Hände schützend über ihren Hintern. »Warst du das?«, wollte sie von Alex wissen. »Wenn ja, dann finde ich das abartig blöd.«

»Ich wollte doch nur, dass du meine Freunde kennenlernst«, vervollständigte Cam mechanisch ihren Satz an Alex.

Doch Alex hörte ihr nicht zu. Was ging hier vor?, fragte sie sich. Hatte sie wirklich gehört, wie eine schneidende, merkwürdig vertraute Stimme zu ihr sagte: *Häng die kraushaarige Freundin ab, ich habe dir etwas Wichtiges zu sagen.*

Was sollte sie tun? Beth stehen lassen und hier draußen in der arktischen Kälte darauf warten, dass irgendetwas Merkwürdiges geschah – oder nach drinnen abtauchen, wo ein Haufen verwöhnter, aber kaum bedrohlicher Vierzehnjähriger darauf wartete, sie zu begutachten?

Keine Frage.

»Super!«, rief sie aus. »Ich kann's kaum erwarten!« Sie hakte sich bei Cam und Beth unter und eilte ins Pie in the Sky.

Kapitel 3

DIE WARNUNG

In der Pizzeria war beruhigend viel Betrieb. Alex blieb an der Tür stehen und betrachtete das lärmende Durcheinander, während Cam zu einem großen Tisch am Fenster ging, dem Stammtisch des Sixpack.

»Keiner da«, sagte sie. »Sind wir denn zu früh?«

»Nee, wir haben nur Glück«, witzelte Alex.

Beth sah auf ihre Uhr. »Fünf Minuten Verspätung«, stellte sie fest.

Eine Kellnerin in Sandalen und mit einer Sonnenbrille auf der Nase schlenderte zu ihnen herüber. Sie warf einen Blick auf Beth. »Bah. Du hast da was zwischen den Zähnen hängen«, erklärte sie dem schlanken Mädchen. »Es ist grün und eklig.«

»Oh nein!« Beth rubbelte hektisch mit dem Finger über ihre Schneidezähne. »Wie grässlich. War das etwa die ganze Zeit über da, als wir draußen standen?«

»Ich sehe gar nichts …«, setzte Cam an, aber Beth stürzte schon auf die Toiletten zu.

»Da drüben, Mädels«, unterbrach die Kellnerin und zeigte auf einen winzigen Tisch, der in die hinterste Ecke des Restaurants gequetscht war und direkt unterhalb der lauten und tröpfelnden Klimaanlage stand.

»Sind Sie neu hier?«, erkundigte sich Cam.

»Was soll das denn werden? Ein Blondinenwitz?«, erwiderte die Kellnerin.

»Natürlich nicht.« Cam errötete. »Es ist nur so, dass ich, na ja, ziemlich oft hierherkomme und ich habe Sie noch nie gesehen, und es ist so, dass ich – ich meine wir – immer an dem großen Tisch da drüben sitzen.«

»Ihre Freunde tauchen gleich auf«, erklärte Alex.

»Glaubt mir, meine Lieben, wir sind schon komplett.«

»Äh, kenne ich Sie irgendwoher?« Cam starrte die Kellnerin an. »Sie kommen mir so merkwürdig bekannt vor.«

Seit ihre Zwillingsschwester aufgetaucht war, hatten sich Cams Sinne deutlich verschärft, besonders ihr Sehvermögen. Jetzt versuchte sie angestrengt, durch die Sonnenbrille der Kellnerin hindurch ihre Augen zu erkennen.

Zunächst sah sie nur ihr eigenes Spiegelbild in den dunklen Gläsern. Dann setzte der Superblick ein, den sie in letzter Zeit entwickelt hatte. Die Gläser hellten sich langsam auf, bis sie beinahe so durchsichtig waren wie die einer normalen Brille. Und Cam sah die Augen der Kellnerin. Sie waren grau, ein stürmisches und feuriges Grau, schwarz umrandet.

Cam schnappte nach Luft. *Meine Güte! Ihre Augen. Sie hat dieselben Augen wie wir! Ist sie …*

»Nein, nein, nein!« Die Kellnerin trat einen Schritt zurück. »Lass das. Versuch das gar nicht erst! Herrin im Himmel, ich bin hier die Stärkere.«

»Woher wissen Sie, was meine Schwester gedacht hat?«, staunte Alex.

»Ihre Augen«, sagte Cam jetzt laut. »Ich kenne sonst nur einen einzigen Menschen mit solchen Augen. Wenn ich mal von Alex absehe natürlich.«

»Die Polizistin! Ileana!« Endlich war Alex eingefallen, wem diese Stimme gehörte.

»Nenn mich Göttin«, verlangte die Kellnerin.

Sie waren ihr schon einmal begegnet, Alex erinnerte sich genau. Damals hatte sie eine Polizeiuniform getragen. Sie war die Partnerin des knochigen Mannes – des alten Mannes, den Alex Doc nannte und den Cam als das *Monster von der Tribüne* bezeichnete. Auch er hatte damals, als sie ihm zum ersten Mal gemeinsam begegnet waren, eine Uniform getragen. Sein Abzeichen hatte ihn als Polizeibeamter Karsh ausgewiesen.

Wie auch immer er in Wirklichkeit hieß, er war ihnen während ihrer gesamten seltsamen, voneinander getrennten Kindheit im Traum erschienen. Und es war nur einen Monat her, dass er und seine schöne junge Kollegin sie vor diesem klotzigen, bärtigen, fiesen Typ mit den Nagelstiefeln gerettet hatten.

»Hier rüber«, sagte Ileana nun und scheuchte die Zwillinge energisch zu dem einsam unter der Klimaanlage stehenden Tisch. »Wir müssen einen Moment lang ungestört bleiben.«

»Haben Sie irgendeinen Geheimauftrag?«, fragte Cam.

»Geheim daran ist nur, wer mir für meine Mühe danken wird«, erwiderte Ileana mürrisch. »Los jetzt. Bewegt euch.«

»Nein.« Unerwartet sträubte sich Cam. »Da drüben ist es zu laut und zu kalt und außerdem erwarten unsere Freunde uns an dem Tisch vorne beim Fenster.«

»Sie werden sich verspäten«, sagte die Kellnerin und als Cam sie forschend ansah, fügte sie noch hinzu: »Die Straßenverhältnisse hier in der Gegend sind fürchterlich. Ein Loch am anderen. Sie haben bestimmt eine Reifenpanne oder so was.«

Cam schnappte sich Alex' Arm, drehte auf dem Absatz um und marschierte auf den Sixpack-Stammplatz zu. Trotzig blickte sie sich zu Ileana um.

»Ich hatte schon Recht, als ich Karsh sagte, ihr wärt schwierig«, sagte Ileana und folgte ihnen.
»Ich bin nicht schwierig«, brummte Cam.
»Hinsetzen!«, befahl Ileana.
Gehorsam ließen sich Cam und Alex auf der Bank nieder. Sie saßen mit Blick auf das Fenster der Pizzeria. Helles Tageslicht flutete herein. Cams empfindliche Augen schmerzten heftig nach ihrem Versuch, Ileanas Brille zu »durchschauen«. Alex warf einen Blick auf Ileana, die sich vor dem Tisch aufgebaut hatte, Speisekarten in der Hand.
»Ich hätte gerne eine Cola light und …«, setzte Cam an.
»Ich bin nicht hier, um eure Bestellung aufzunehmen«, schnitt ihr die sonnenbrillentragende Kellnerin das Wort ab. »*Au contraire.* Ich bin hier, um euch etwas aufzugeben. Genauer gesagt, um euch zu warnen. Ihr erinnert euch doch noch …«
»Ileana … Göttin … was auch immer. Sie waren diejenige, die mir draußen etwas zugeflüstert hat, stimmt's?«, fragte Alex.
»Und an meinen Haaren gezogen hat?«, fügte Cam hinzu und betrachtete die Hexe prüfend.
»Ich habe nur versucht, eure Aufmerksamkeit zu erlangen«, zischte Ileana durch ihre zusammengebissenen Zähne. »Ein Vorhaben, das mir noch immer nicht so recht gelungen scheint.«
»Na ja, Sie hätten mich doch wirklich nicht an den Haaren ziehen müssen«, beharrte Cam.
Alex' Aufmerksamkeit hingegen richtete sich einen Moment lang auf jemanden, der am Pie in the Sky vorbeilief – ein langbeiniger Junge in verwaschenen Jeans und einer schwarzen Lederjacke, die so alt und abgewetzt war, dass die ehemals glänzende Oberfläche schon brüchig war.
Er war wirklich attraktiv, keine Frage, sogar … er hatte etwas an

sich, das Alex' Herz schneller schlagen ließ, das ihr Blut erwärmte und ihr Gesicht entflammte.

Der Junge schien zu spüren, dass er beobachtet wurde. Er warf einen Blick auf die Fensterscheibe und bemühte sich, drinnen etwas zu erkennen. Seine blauen Augen, umrahmt von pechschwarzen Wimpern, wirkten tief und kühl.

Mit einer ruckartigen Bewegung nahm Ileana ihre Brille ab und funkelte Cam an. »Wenn ihr vielleicht fünf Minuten eurer kostbaren Zeit erübrigen könntet? Fünf Minuten, in denen ihr mir eure ungeteilte Aufmerksamkeit schenkt. Es wäre alles so viel leichter gewesen, wenn ihr mich vielleicht schon außerhalb dieses Parmesan-Palastes bemerkt hättet. Zumindest für mich. Aber nein, aber nein. Warum sollte man mir auch irgendetwas erleichtern! Also dann, es geht um Folgendes. Ich bin gekommen, um euch zu warnen. Jemand wird auf euch zukommen und euch seine Freundschaft anbieten, Lob, Zuneigung ... was auch immer euch gefallen könnte ...«

»Wow, wer war das denn?« Alex verfolgte den Lederjungen mit den Blicken, bis sie ihn aus den Augen verlor.

»Hey!«, brüllte Ileana. »Ich rede mit euch – mit allen beiden! Ich bin nicht wegen der Knoblauchbutter gekommen! Ich bin hier, aus der anderen Welt – um euch zu warnen ...«

»Wovor?«, fragte Alex und klinkte sich wieder in das Gespräch ein.

»Jetzt hört mir endlich zu!«, befahl die Hexen-Kellnerin. »Ich habe nicht mehr viel Zeit. Ihr seid ihm schon einmal begegnet, dem verräterischen Mächtigen in den Nagelstiefeln. Er ist ein Mörder. Und ein Feigling. Da er es nicht wagt, sein bärtiges Gesicht noch einmal in der Öffentlichkeit zu zeigen, wird er jemanden entsenden, um euch zu ihm zu locken. Nehmt euch also in Acht vor allen, die euch zu nahekommen, die sich von euch angezogen fühlen. Und«, sie warf einen scharfen Blick auf Alex, »vor allem, denen ihr zu nahekommt, von denen ihr euch angezogen fühlt.«

Bärtiges Gesicht. Nagelstiefel. Der Typ, der im Sommer versucht hatte, sie zu schnappen, erinnerte sich Cam.

Beth kam von der Toilette und steuerte auf den Tisch zu. »Ich hatte überhaupt nichts zwischen den Zähnen«, murrte sie.

Cam und Alex schauten Ileana nach.

Die Schwingtür zur Küche klapperte lautstark. Die überhebliche Kellnerin war verschwunden.

Alex sah Cam wortlos an – und in Gedankensprache sagte sie: *Wir dürfen uns nichts anmerken lassen.* Cam nickte.

»Oh«, sagte Cam dann übertrieben laut und blickte nach draußen. Sie hatte eine Gruppe von drei lachenden Mädchen entdeckt, die sich gerade aus einem roten Auto schälten. »Klasse Timing. Die anderen sind da.«

Alex sah noch einmal zur Schwingtür hinüber, sie fühlte, dass Ileana das Gebäude bereits verlassen hatte.

»Was hast du deinen Freunden denn von mir erzählt?«, erkundigte sie sich.

Cam zuckte mit den Schultern. »Nichts Besonderes.«

»Nur von Montana, Alex. Und dass ihr beide Schwestern seid und dass ihre Mom nicht deine Mom ist, aber deine Mom vielleicht ihre. Nichts Besonderes.« Beth lachte.

»Ich habe ihnen nicht gesagt, dass wir Zwillinge sind«, fügte Cam schelmisch hinzu.

»Wie konnte ich das vergessen?«, sagte Alex. »Du machst ja aus allem ein Geheimnis.«

»Und du nicht, oder was?«

»Hi, Cam.« Ein großer Junge in einer Kellneruniform kam auf den Tisch zu. »Ich hab gar nicht gesehen, wie du reingekommen bist. Hallo, Beth. Wie läuft's denn so, äh, Alex heißt du, oder?«

Sie war ihm schon einmal begegnet. Er hieß Jason. In diesem Jahr würde er in die Abschlussklasse der Marble Bay Highschool kommen, erinnerte sich Alex. Ein gut aussehender Typ, der ihnen vor ein paar Wochen aus der Klemme geholfen hatte. Jason, der liebeskranke Oberstufenschüler, der total in Cam verknallt war.

»Oh, hey, Jase.« Cam warf ihm ein Lächeln zu. Nicht gerade hundert Watt Halogen, aber dem Jungen schien es zu genügen.

»Was kann ich euch bringen?«, fragte er, ohne den Blick von Cam zu nehmen.

»Äh, wo ist denn … diese neue Kellnerin?«, erkundigte sich Beth und spähte durch den Raum. »Blond, mit Sonnenbrille, spielt gutgläubigen Kunden gern mal einen Streich …«

Jason hatte keine Ahnung, von wem die Rede war. »Wir haben keine neue Kellnerin«, sagte er.

Kapitel 4

DAS GEHEIMNIS

Cams Freundinnen stürmten auf den Tisch zu. Sie redeten alle durcheinander, beschwerten sich über den Platten, den sie auf dem Weg hierher gehabt hatten – mitten auf der Kreuzung war der Reifen mit lautem Knall geplatzt –, zogen Jason auf, winkten Beth zu, verspotteten Cam wegen des Fußballspiels, das sie kurz vor den Sommerferien vergeigt hatte, und verlangten von ihr, dass sie nun endlich ihre große Überraschung enthüllen sollte.

Dann erst entdeckten sie Alex.

»Wer … ich meine, was …?« Ein elegant gekleidetes Mädchen asiatischer Herkunft mit einem langen schwarzen Zopf griff sich tatsächlich ans Herz und machte einen Schritt zurück. »Soll das ein Witz sein?«

Läuft die immer wie aus dem Ei gepellt rum?, fragte sich Alex, während sie das blütenweiße T-Shirt, die gebügelte Hose und die makellosen weißen Turnschuhe des Mädchens musterte.

Telepathisch übermittelte Cam ihr einen Spickzettel. *Kristen Hsu*, erklärte sie ihrer Schwester Alex stumm. *Sie ist künstlerisch begabt … beschäftigt sich hauptsächlich mit Computergrafik. Ist sagenhaft ordentlich und penibel bis ins Kleinste …*

Da haben wir ja schon mal viel gemeinsam, erwiderte Alex.

Mit weit aufgerissenen Augen sah das Mädchen neben Kristen von Cam zu Alex und von Alex zu Cam.

»Also, äh, ihr zwei seid also … miteinander verwandt.« Sukari Woodward, hübsch, rundlich und braunhäutig, mit einer Omabrille und wasserstoffblondem Kraushaar, lachte sich selbst aus. »Mann, bin ich scharfsinnig! Das haut mich um.«

»Und das, liebe Freunde«, moderierte Cam, »war die These des Tages, vorgetragen von Dr. Sukari Woodward, Superhirn und Genie in Naturwissenschaften.«

»Verwandt?!« Kristen brach in Gelächter aus. »So habe ich mir Hanni und Nanni immer vorgestellt!«

»Du hast gesagt, ihr hättet euch in einem Erlebnispark in Montana getroffen?«, fragte Sukari. »Bist du sicher? Nicht zufällig im Xerox-Land? Machen die da von all den Besuchern Kopien? Oder war das eine Sonderaktion?«

»Nein«, sagte Kristen, »ich wette, dass es da eine Achterbahn gibt, die *Zyklon* heißt. Versteht ihr? Wegen Klon!«

»Na, ich finde das alles jedenfalls kosmisch gigantisch«, wisperte eine Stimme. »Völlig astral.« Die Bemerkung kam vom dritten Mitglied des Grüppchens – einem Mädchen, das einen hauchdünnen Sarong mit indischen Mustern trug. Durch ihre wilden roten Locken lugte ein langer Feder-Ohrring hervor. »Ihr beide seht euch unglaublich ähnlich.«

»Außer den blauen Strähnen«, spottete Beth. »Cam hat ja leider keine.«

»Im Ernst, Cami«, sagte das Mädchen, »sie ist total das Yin zu deinem Yang …«

»Meine Damen und Herren: Amanda Carter«, stellte Cam sie vor.

Lachend setzte Manda sich an den Tisch.

Jason nahm die Bestellungen auf.

Sukari setzte sich neben Beth.
Und Kristen zog augenblicklich ihr Handy aus der Tasche, um Bree die Neuigkeiten zu erzählen.

Sie hatten eine unmissverständliche Warnung erhalten. Eine Warnung aus der anderen Welt. Der bärtige Irre mit den schweren Stiefeln suchte nach ihnen. Er konnte sie nicht persönlich verfolgen, also schickte er jemanden anderen. »Und wovor genau sollen wir uns jetzt in Acht nehmen?«, fragte Cam zwei Tage später auf dem Schulweg.
Es war nicht das erste Mal, dass sie über die Kellnerin Ileana und ihre »Botschaft« sprachen. Aber immer nebenbei, eher gelegentlich, als wollten sie nicht tatsächlich darüber reden, was Ileana zu ihnen gesagt hatte, als wollten sie die Begegnung mit ihr verdrängen.
»Wir sollen uns in Acht nehmen. Vor irgendjemandem, der uns zu nahekommt oder dem wir zu nahekommen«, gab Alex Ileanas Worte kurz wieder.
»Ziemliche Einschränkung unserer sozialen Kontakte«, bemerkte Cam, während die Ampel auf Grün umsprang und sie vom Bordstein heruntertraten.
»Jetzt, wo ich deine Clique kennengelernt habe, macht mir das irgendwie gar nichts mehr aus«, witzelte Alex und wechselte damit das Thema.
Wenig später hatten sie die Marble Bay Highschool erreicht, wo auf dem Hof schon reger Betrieb herrschte. Für Alex waren alle diese Kids Fremde, mit Ausnahme von Dylan, der sich schon vor ihnen auf den Weg zur Schule gemacht hatte, gemeinsam mit seinen Kumpels, und mit Ausnahme der fünf Mitglieder von Cams-Dosenbier-Clique, wie Alex das Sixpack

inzwischen nannte. Manchmal sagte sie auch Lutscher-Liga. Oder Gummibärchen-Gruppe.
»Das muss sich ja echt ganz schön merkwürdig anfühlen«, erinnerte sie sich an Sukaris Worte, »so ganz allein und ohne Freunde.«
Und dann hatte Kristen, die ihren seidenschwarzen Zopf wie eine Peitsche schwang, hinzugefügt: »Hast du ihr nicht zugehört, Suki? Sie hatte sowieso nur zwei Freunde in Wyoming. Lulu und Evan …«
»In Montana«, hatte Amanda sie mit ihrem atemlos flüsternden Stimmchen verbessert. »Und außerdem hieß sie Lucinda, nicht Lulu. Lucinda und Evan. Außerdem hat sie das gar nicht so gemeint, Kristen. Du wolltest damit sagen, dass du nur zwei beste Freunde hattest, oder, Ali?«
Rote Locken, Ebenholz-Zopf, wasserstoffblonder Krauskopf. Sie erinnerten wirklich eher an ein paar wild zusammengewürfelte Gummibärchen als an sechs gleiche Limodosen, hatte Alex nach dem Treffen im PITS gedacht.
»Also, da sind sie schon«, sagte Cam, während sie in die breite Auffahrt der Schule einbogen. Sie wies in eine Ecke. »Da drüben stehen sie.«
Alex stöhnte leicht gequält, ließ sich aber darauf ein. »Na gut. Die kurvenreiche Blondine mit der kakaofarbenen Haut und der Oma-Brille heißt Sukari. Schwarzhaarig, bezopft, leicht nervös, mit chinesischem Einschlag: Kristen. Kristen Hsu, stimmt's? Und die blasse Rothaarige mit den Hippie-Nostalgie-Klamotten heißt Amanda. Beth ist Beth. Und … herrje! Das muss dann wohl Bree sein. Die sieht ja genauso aus wie ihre Stimme – total schrill und verkniffen!«
Irgendetwas an diesem kleinen, dürren Mädchen – von den professionell gemachten blonden Strähnen in ihren Haaren bis

hin zu der ach-so-coolen Vollkommenheit ihrer Plateausandalen – erwischte Alex wie Fingernägel, die kreischend über eine Tafel kratzen.

Lucinda und Evan, ihre Freunde in Montana, hatten eine besondere Bezeichnung für solche Leute: »T-Blöcke.« Teeny, trendy und total.

Brianna wartete auf sie vor der Schultür, Kristen an ihrer Seite.

»Moment. Lasst mich raten«, begrüßte das Mädchen sie schleppend und streckte Alex ihre schmale, mit einem Tennis-Armband geschmückte Hand entgegen. »Du bist bestimmt Alexandra.« Sie spähte über den Rand ihrer Sonnenbrille und musterte Alex von Kopf bis Fuß. »Aber du siehst ja genauso aus wie …«

»Cam?«, schlug Beth übertrieben hilfsbereit vor.

»Wie bitte?« Brianna bedachte Camryns große, kraushaarige Allerbeste mit einer hochgezogenen Augenbraue. »Hab ich gesagt, dass ich einen Bauchredner brauche? Ich bewege die Lippen und du sprichst für mich? Ich glaube kaum.«

»Uff!« Sukari lachte. »Da hat sie's dir aber gegeben, Beth.«

»Ich wollte eigentlich nur sagen«, fuhr Bree fort und schenkte Sukari keinerlei Beachtung, »dass du wirklich genauso aussiehst, wie Kris dich beschrieben hat.«

»Ach ja? Wie denn?«, fragte Cam und funkelte Brianna warnend an.

»Einfach abgefahren seltsam!« Bree und Kristen schienen mit ihrem Empfang für Alex hochgradig zufrieden zu sein.

Cam warf einen raschen Blick auf Alex. Sie brauchte keine Worte, ob nun ausgesprochen oder nicht, um die Absichten ihrer Zwillingsschwester zu durchschauen. Alex' graue Augen begutachteten den Eingangsbereich des Schulgebäudes, den offenbar vor Kurzem jemand mit dem Wasserschlauch abgespritzt hatte, genauer gesagt betrachtete sie die flache Pfütze, die auf der großen, ovalen Marmorplatte stand. *Nein*, dachte *Cam, bitte nicht!*

Keine Panik, beruhigte sie Alex im Stillen. Cam sah, ihre Augen waren kalt, starrten voll frostigen Zorns auf das Marmoroval, und plötzlich geriet Bree auf der glasglatten Eisfläche, die sich irgendwie unter ihren Füßen gebildet hatte, ins Rutschen. Bree schwankte und drehte sich, ihre Hände suchten Halt.

Kristen versuchte sich zu wegzuducken und in Deckung zu gehen, aber Brees wild fuchtelnde Arme erwischten sie und Kristen knallte gegen eine der mächtigen Eichentüren, die weit nach innen geöffnet waren, um die Schüler von Marble Bay High willkommen zu heißen. Kristen sank zu Boden, die Tür im Rücken, ihre langen Beine vor sich gegrätscht.

Jetzt hör auf damit!, schalt Cam Alex im Stillen.

Na gut, na gut, nörgelte Alex. Fast augenblicklich plumpste Bree zu Boden und ein schallendes *Patsch!* ertönte von der eisbedeckten Marmorplatte.

Cam und Beth halfen ihr wieder auf die Beine, während Amanda und Sukari unter wildem Gekicher Kris hochhievten.

»Nichts passiert, nur mein Stolz hat was abbekommen«, versicherte Brianna und klopfte den Schmutz von ihrem Rock. Sie warf einen kurzen Blick auf Alex, betrachtete sie einen Moment lang misstrauisch, zuckte dann mit den Schultern und fügte hinzu: »Es kann jedoch gut sein, dass ich trotzdem noch jemanden verklage.«

Zehn Minuten später waren sie alle im Gebäude, standen im Flur bei den Schließfächern der zehnten Klasse. Während Cam mit ihren Schulfreunden Neuigkeiten austauschte, versuchte Alex, mit dem Schloss fertig zu werden, das Cams Mutter Emily ihr gegeben hatte. Sie konnte sich nicht an die Zahlenkombination erinnern, mit der man es öffnen konnte, die ersten beiden Ziffern waren klar, aber bei der dritten war sie sich nicht sicher. Da verwirrte ein angenehmer Duft von Seife und Leder ihre Gedanken. Bevor sie noch feststellen konnte, woher der Geruch kam, bot eine heisere Stimme an: »Ich kann das für dich knacken, wenn du willst.«

Alex blickte auf, direkt in die kühlen blauen Augen des Jungen mit der Lederjacke, den sie vom Fenster der Pizzeria aus gesehen hatte.

»Nicht nötig. Ich kenne die Kombination.«

Mit einem Mal stand Dylan neben ihnen. »Du bist neu hier, stimmt's?«, sagte er zu dem Lederjackenjungen. »Ich bin Dylan Barnes.«

»Ja, wir sind im Juli hierhergezogen. Cade Richman«, stellte sich der Junge vor. Er blickte sie fragend an. »Dylan ist mein Bruder«, erklärte Alex. »Na ja, genauer gesagt ist er nicht mein Bruder, er ist der Bruder meiner Schwester. Ich bin Alex Fielding.« Cade starrte sie an, verwirrt, aber offensichtlich belustigt. Alex lachte. »Das ist eine lange Geschichte.«

Er kratzte sich am Kopf, seine Haare ein Wirrwarr tintenschwarzer Locken. »Hört sich kompliziert an«, sagte er mit einem schiefen Lächeln. »Na dann, war nett euch kennenzulernen.«

»Ich bin auch neu hier«, rief Alex ihm nach.

»Cool.« Er winkte. »Wir sehen uns bei der Einführung.«

Sie blickte auf. Sechs Gesichter starrten ihr entgegen, mit offenen Mündern und weit aufgerissenen Augen.

»Wer war das denn?« Beth hatte als Erste die Sprache wiedergefunden.

»Er heißt Cade …«, begann Dylan.

Kristen schnitt ihm mit einer Handbewegung das Wort ab.

»Cade Richman. Über den Typ kursieren schon die heißesten Gerüchte. Er ist irgendwo aus der Schule geflogen und dann wurde er hierher verbannt. Der macht nichts als Ärger.«

»Ich habe ihn noch nie zuvor gesehen und hoffe, dass ich ihn auch nie wiedersehen werde«, beharrte Brianna. »Kaffee, Schokolade, Jungs – es kommt immer auf die Marke an. Ich meine: zerfetzte Jeans, diese fiese Lederjacke und diese Bergsteigerstiefel? So was von nicht mein Typ!«

»Mmm«, widersprach Sukari. »Groß, hübsch und stark – meiner schon!«

»Nur dass es leider Alex ist, die ihn in ihren Bann geschlagen hat«, neckte Amanda.

Alex sah dem rothaarigen Mädchen mit dem Feder-Ohrring in die Augen.

»Am besten du ignorierst sie einfach«, schlug Sukari vor. »Manda hört schon immer das Gras wachsen. Sie ist total auf dem Duftkerzen-, Meditations- und Kräuter-Trip. Sie ist unsere Dorfhexe.«

Amanda schnappte nach Luft, aber sie kam nicht zu Wort. Beth war schneller. »Klar. Wenn Camryns Psycho-Power gerade mal Pause macht«, fügte sie hinzu und grinste ihre Freundin an. *Psycho-Power* nannte das Sixpack die unheimlichen Schwingungen, Eingebungen und Vorahnungen, für die Cam bekannt war.

Aber Cam ging nicht darauf ein, so als würde sie das übliche Geplänkel ihrer Freundinnen nicht bemerken. »Hast du seine Stiefel gesehen, Als?«, murmelte sie. »Er hatte diese … Stiefel an.«

Alex blickte noch einmal den Gang hinunter. Cade lehnte an einer anderen Reihe von Schließfächern und sah wirklich hübsch und stark aus, wie Sukari es formuliert hatte. Und nein, es war ihr vorher nicht aufgefallen, aber er trug tatsächlich Stiefel, abgewetzte schwarze Motorradstiefel.

Alex zwang sich zu lachen. »Na klar, wie Millionen anderer Typen auf dieser Welt«, sagte sie zu Cam. »Das bedeutet noch lange nicht, dass er … du weißt schon, von Grund auf schlecht ist.«

Alex hatte verstanden, worauf Cam hinauswollte: Jener Mann, der Mörder ihres leiblichen Vaters, der große, bärtige Kerl, vor dem man sie gewarnt hatte, trug auch Stiefel, fette, schwere Stiefel, sogar in der brütenden Hitze des Sommers.

Aber teilte wer auch immer von ihm hierhergeschickt wurde, um sie zu schnappen, automatisch seine Vorliebe für abgefahrene Schuhmode? Quatsch, beschloss Alex, fest entschlossen, sich in Cades Gedanken einzuklinken, um Cam zu beweisen, wie falsch ihre Vermutung war.

Doch es gelang ihr nicht. Der Kopf des coolen Jungen war dunkel, außer Betrieb. Irgendetwas rührte sich dort in der Finsternis, ein vernichtendes Geheimnis, das Alex nicht entschlüsseln konnte. Ihr wurde klar, dass sie es nicht lesen konnte, weil Cade sich weigerte darüber nachzudenken. Er verbarg etwas, nicht nur vor ihr, sondern auch vor sich selbst.

Cam verfolgte ein ähnliches Ziel. Cade war ein Fremder. Nur Kristen schien etwas über ihn zu wissen – und zwar nicht besonders viel. Alex fühlte sich sichtlich von ihm angezogen, schlug sie deshalb Cams Bedenken aus? Sperrte Alex sich der Erinnerung an jenen furchterregenden Typ, dem sie in der Nacht begegnet waren, in der Ileana und der Polizist Karsh sie gerettet hatten?

War Cade der Bote des Mörders?

Cam sah mit einem Mal nur noch verschwommen. Das übliche allgemeine Chaos im Gang vor den Klassenzimmern verblasste, während ein Pochen in ihren Ohren lauter wurde. Obschon sie wusste, was geschah, zitterte sie. Dies Pochen kannte sie schon aus der Zeit, bevor sie Alex getroffen hatte, aber niemals in dieser Eindringlichkeit, in der sie es seither erlebte. Schon bald würde sie etwas sehen oder wissen, was sie unmöglich sehen oder wissen konnte.

Cams Magen zog sich zu einem Knoten zusammen. Dann …

Undeutlich erkannte sie rotes Metall. Scheinwerfer, die auf sie zurasten. Ein Auto, das eine schmale Straße entlangfuhr. Schrille Stimmen, schreiend … lachend.

Eine Hand griff nach ihrer. Cam schnappte nach Luft, zwang sich, die Augen zu öffnen. »Hast du das gesehen?«, flüsterte sie Alex zu, die sich an ihr festklammerte.

»Nein«, erwiderte ihre Schwester leise und aufrichtig. »Ich habe es versucht, aber ich konnte nichts erkennen.«

Kapitel 5

ZUSAMMENPRALL IM GANG

»Leute«, rief Brianna ungeduldig in der Pause, »wir gehen was essen. Kommt ihr?«

»Sofort«, sagte Alex. Die Schüler strömten aus ihren Räumen, jemand rempelte sie an. Alex reagierte nicht darauf. »Du siehst fürchterlich aus«, flüsterte sie Cam zu.

»Kann ich doch nichts für, wir sind eben Zwillinge«, erwiderte Cam mit einem schwachen Grinsen. »Wir treffen uns unten«, sagte sie an ihre wartenden Freundinnen gewandt.

»Ganz nach Belieben.« Beth war verstimmt.

Dylan ging mit einigen seiner Freunde an ihnen vorüber. »Bis dann«, rief er, während sich der Rest des Sixpacks ihm und seiner Truppe in Richtung Cafeteria anschloss.

»Ich habe etwas gesehen«, gestand Cam, sobald die anderen außer Sichtweite waren. »Aber ich habe keine Ahnung, was es bedeuten könnte oder ob es irgendetwas mit der Warnung zu tun hat, die wir bekommen haben.« Erschöpft lehnte sie sich an die Wand.

»Schon in Ordnung. Hol erst mal tief Luft«, riet Alex. »Wir kriegen das nachher bestimmt raus.«

Massen von Schülern schoben sich an ihnen vorbei, erzählten sich ihre Ferienerlebnisse, verglichen Lehrer und Stunden-

pläne. Hier und dort bildeten sich kleinere Gruppen, die den Verkehr aufhielten und ins Stocken brachten.
Ein Junge wurde auf seinem Weg von Ausrufen begleitet: »Hey, pass doch auf!«, »Vorsicht!«, »Immer mit der Ruhe, Mann!« Er war massig, mit kleinen Augen und geschorenem, stoppligem Schädel. Ihm folgte eine Gruppe von Typen, die ihn anstachelte.
»Wer ist das denn?«, fragte Alex, während sich der breitschultrige Kerl mit den Ellenbogen einen Weg durch die Menge bahnte. »Sein Nacken ist ja dicker als meine Taille.«
»Eddie Robins«, erwiderte Cam. »Er ist in der Football-Mannschaft. Ein ziemlicher Scheißkerl.«
»Wow«, staunte Alex. »Wenn du solche Worte in den Mund nimmst, dann muss er schon wirklich schlimm sein.«
Sie sahen, wie der grinsende Eddie bösartig ein unscheinbares Mädchen mit dicken Brillengläsern anrempelte, das gerade mal halb so groß war wie er.
»Schlimm genug?«, fragte Cam. Der Stoß hatte das schmale Kind aus dem Gleichgewicht gebracht. Es stürzte auf den Boden. Die umstehenden Schüler wichen zurück, versuchten nicht auf sie zu treten, während Eddies sabbernde Gorillas johlten und sich gegenseitig in die Rippen boxten. Die schweren Bücher, die das Mädchen bei sich gehabt hatte, schlitterten über den Boden, ihr rotes Portmonee fiel ihr aus der Hand, öffnete sich beim Aufprall und verteilte seinen Inhalt klappernd in alle Richtungen.
Mitten in diesem Tumult bückte sich Eddie. »Kann ich dir helfen?«, höhnte er und schnappte sich die Brieftasche des Mädchens, die ihr ebenfalls aus den Händen geglitten war. *Hat der Typ wirklich vor, ihr Geld zu klauen?*, fragte sich Alex empört.

Am helllichten Tage, dachte Cam und begann zu kochen. *Mitten im Gang, und alle …*

… stehen nur rum und gucken zu! Alex traute ihren Augen nicht.

Das Mädchen kroch verängstigt herum und sammelte seine Bücher wieder ein. An ihrem mageren Handgelenk trug sie eine Herrenuhr, das Armband war viel zu weit für sie. Sie zitterte. Wie aus Mitgefühl begann auch Alex zu zittern. Sie vermutete, dass es eine eisige Welle des Zorns war, die durch sie hindurchlief und die bewirkte, dass ihre Zähne zu klappern begannen.

Einige Kids hatten sich hingehockt, um dem zarten Mädchen dabei zu helfen, seine Bücher und die verstreuten Münzen wieder einzusammeln. Einige versuchten, ihr wieder auf die Beine zu helfen, doch Eddies Kumpels machten sich über sie lustig und das Opfer hielt den Kopf gesenkt. Entweder sah sie die Schüler, die ihr halfen, gar nicht oder sie empfand die Situation als so peinlich, dass sie die ihr entgegengestreckten Hände einfach übersah. Niemand traute sich an Eddie heran, der durch die Brieftasche blätterte. Er zog eine Busfahrkarte daraus hervor. »Madison Knudnik«, las er vor.

»Was ist denn los, Edgar, hat dir dein Alter das Taschengeld gekürzt?«, meldete sich eine leise Stimme, rau wie Sandpapier, aus der Menge. Alex erkannte den Sprecher sofort.

»Cade!«, flüsterte sie.

Der Rowdy blickte auf, seine Augen verengten sich, seine Truppe wurde unruhig. »Sieh mal an, der reiche Richie … Mein Alter verdient eben nicht so viel Kohle …«

»Sie kennen sich«, wurde Cam bewusst.

 »Bist du wütend genug, um dieses Stinktier abzustrafen?«, fragte Alex sie. »Ihm ordentlich einzuheizen? Oder brauchst du Unterstützung?«

»Du willst, dass ich das hier und jetzt mache? Vor der versammelten Schule?«
»Na ja, ich hatte eigentlich nicht vor, dich als die fantastische Flammenfrau vorzustellen oder so was. Ich dachte, du könntest das vielleicht unauffällig hinkriegen«, zischte Alex.
Cam schob sich durch die Menge und versuchte, in Eddies Nähe zu gelangen.
»Los, Mädchen«, spornte Alex sie an. »Oder wartest du darauf, dass ich den Gang vereise?«
»Wenn das ginge«, bat Cam.
»Gib dein Bestes. Oder dein Schlimmstes.« Alex drückte die Hand ihrer Zwillingsschwester. »Grill das Schwein.«
Camryn schloss einen Moment lang die Augen und öffnete sie dann wieder, konzentrierte sich mit aller Macht auf Eddie Robins. Ihre Augen begannen zu brennen, ihr Gesicht glühte, ihre Hand umklammerte Alex' fest.
Das Mädchen auf dem Boden blickte auf. Sie pustete eine matte braune Haarsträhne aus ihrer Stirn. Ihre dünnen Lippen verzogen sich plötzlich zu einem seltsamen Lächeln, und ihre dunklen Augen weiteten sich beim Anblick der Zwillinge, als wäre sie ihnen schon einmal begegnet.
Das Geräusch von Eddies Atem, nunmehr flach und schnell, beinahe keuchend, lenkte Alex von Madison ab. Eddie blinzelte nervös. Schweiß bildete sich auf seinem Gesicht und lief seinen fleischigen Nacken hinab. Er zerrte am Kragen seines T-Shirts, tupfte seine Stirn ab und blickte sich suchend in der Menge um; er sah zur Klimaanlage hinauf und versuchte herauszufinden, weshalb er so schwitzte.
Cade stand noch immer dem Rowdy gegenüber und beobachtete erstaunt, was hier vor sich ging. Cam nahm nun all ihre Konzentration zusammen und ein Schwall glühender Hitze

traf auf Eddie und zwang ihn in die Knie. Er bedeckte seine Augen mit der Hand und schrie: »Was hast du mit mir gemacht, Richman? Ich kann nichts mehr sehen. Ich bin blind. Meine Augen brennen. Das wird dir noch leidtun!«

»Mann, hast du das gesehen?«, murmelten Eddies Gorillas verblüfft. »Hey, was hast du mit ihm angestellt?« Einige bewegten sich drohend auf Cade zu, aber Eddie brüllte: »Jetzt macht schon, helft mir endlich hoch!«, und sie wichen schnell zurück.

Cade half Madison wieder auf die Beine, hob die Brieftasche auf, die Eddie fallen gelassen hatte, und überreichte sie dem zierlichen Mädchen.

Die Schüler umdrängten ihn, klopften ihm auf die Schulter, versuchten ihm die Hand zu schütteln, riefen: »Wow, das war ja so was von cool, Mann«, und: »Wie hast du das gemacht?«

Cade blickte sich um, über die Köpfe der Kids hinweg, die ihn umringten. Als er Alex erblickte, zuckte er mit den Schultern und lächelte sie an, als wollte er sagen: Ehrlich, ich habe keine Ahnung, was hier vor sich geht. Dann wandte er sich ab.

Die zierliche Madison rannte jetzt direkt auf Cam und Alex zu. Ihre piepsige Stimme hob ihre Ähnlichkeit mit einer Maus noch hervor. »Danke, ihr zwei. Ihr seid diejenigen, die auch Marleigh Cooper gerettet haben! Oder?«

Das stimmte, aber kaum jemand wusste davon.

Vor einigen Wochen war die amerikanische Pop-Prinzessin entführt worden. Cam und Alex hatten den Star mithilfe ihrer sich gerade entwickelnden Fähigkeiten ausfindig gemacht und die Befreiung Marleighs herbeigeführt.

Es war Cams Dad, David Barnes – einem der wenigen anständigen Anwälte, die es auf dieser Welt gab – zu verdanken, dass Cams und Alex' Namen nicht in die Öffentlichkeit gelangt waren. Dave hatte nicht zugelassen, dass man sie fotografierte oder interviewte. Die meisten Menschen wussten also nur, dass ein paar mutige Teenager, die es vorzogen unerkannt zu bleiben, Marleigh Cooper gerettet hatten.

Woher wusste diese Spitzmaus, welche Rolle sie bei der Marleigh-Geschichte gespielt hatten?

»Wow!«, fuhr das Mädchen fort. »Klasse Sache. Ich heiße also Madison. Ich bin neu hier. Und totaaal verloren. Völlig. Ich muss gleich zur Einführungsveranstaltung und ich weiß nicht mal, wo die Aula ist …«

Warum machst du so ein Gesicht?, fragte Alex Cam, die Madison ansah, als sei das Mädchen wirklich ein kleines Nagetier oder ein lästiges Insekt.

Cam rieb sich über die Stirn. *Es ist nur, ich bin … Nichts Besonderes, Als, ich habe nur so fürchterliche Kopfschmerzen. Ich kann keinen klaren Gedanken fassen.*

Einige von Eddies Kumpels hatten ihrem Chef wieder auf die Beine geholfen. Wütend schüttelte er ihre Hände ab. Bevor er den Gang hinunterstampfte, warf er noch einen kurzen Blick über seine Schulter.

Na wartet!, hörte ihn Alex. Es war nicht schwer, seine Gedanken zu lesen, denn er starrte sie direkt an.

»… ob ihr mich da wohl hinbringen könntet? Das wäre total nett«, sagte Madison gerade. Sie sprach schnell und ein bisschen gehetzt, wie eine Maus, die an einem Stück Käse knabbert. »Ich bin ziemlich nervös, ihr wisst schon, wegen dem, was gerade abgelaufen ist. Wegen diesem Typ, der mich …«

»Kein Problem«, unterbrach Alex sie. »Ich gehe da auch hin. Wir müssen nur die Treppe runter, glaube ich.« Sie wandte sich Cam zu und suchte nach Bestätigung.

Cam nickte. »Erdgeschoss, Südflügel.«

»Bis dann«, sagte Alex.

Madison grinste breit. »Ihr seid einfach galaktisch. Ich kann's gar nicht fassen. Mein erster Tag an der Schule und ich lerne gleich die beiden coolsten Mädchen von Marble Bay kennen. Wow.«

Cam beobachtete, wie die beiden den Gang hinuntergingen. Das zerbrechlich wirkende Mädchen hatte irgendetwas an sich, das sie beunruhigte, und es war nicht ihre kleine Statur, ihr geradezu manisches Geplapper und ihre fröhliche Hilflosigkeit. Doch Cams Augen brannten noch immer und ihr Kopf schmerzte und sie kam einfach nicht darauf, was genau sie an Madison Knudnik störte.

Kapitel 6

EIN BEDAUERLICHER FEHLER

Bei ihrer Rückkehr aus Marble Bay erwartete Ileana eine Nachricht von Lady Rhianna, Vorsitzende der Vereinten Ratsversammlung, dem obersten Gericht von Coventry Island.

»So ein Quark«, grummelte die Hexe und entrollte das mit einem Band zusammengehaltene Pergament, das an der Tür ihres kleinen Hauses befestigt worden war. »Was will die schon wieder?«

Sie las das Schriftstück durch, das gleich darauf wieder in seine ursprüngliche Form zurückschnappte. »Schlimm genug, dass Ihr mich schon die ganze Zeit anschnauzt, seit ich wieder gelandet bin, jetzt ist auch noch Lady Kartoffel wegen der Sache hinter mir her.«

»Ileana!«, schalt Karsh und stellte das Gepäck neben Boris ab, der auf den Stufen vor der Hautür ein Schläfchen hielt.

»Schon gut, schon gut. Lady Rhianna. Besser? Aber Herrin im Himmel, Karsh, sie ist doch nun mal rund, massig und braun – und hat offensichtlich überall Augen. Oder vielmehr überall Spione.« Ileana ließ sich auf den großen Make-up-Koffer plumpsen, verschränkte ihre Arme und stieß einen übertriebenen Seufzer aus.

»Wie dem auch sei, ich habe diese Pizzeria nicht ausgesucht«, verkündete sie nach einer kurzen Pause. »Das waren die Mädchen, Apolla und Artemis …«

»Camryn und Alexandra«, erinnerte er sie.

»Meinetwegen! Die haben sich diesen Ort ausgesucht, Eure eigensinnigen kleinen Zöglinge. Ich habe noch versucht, ihre Aufmerksamkeit draußen auf mich zu ziehen …«

»Indem Ihr Camryn an den Haaren gezogen habt und ihre Freundin in den Hintern gekniffen?« Karsh schüttelte bedenklich den Kopf und biss sich auf die Unterlippe, um nicht lächeln zu müssen.

»Der Zweck heiligt die Mittel«, gab Ileana zurück. »Weshalb sollte ich vorsichtig sein, wo Thantos es nicht ist? Und was ist überhaupt so schlimm daran, dass wir unsere kleine Unterredung in einer Pizzeria abgehalten haben? Es war nötig, die beiden vor Thantos' Boten zu warnen.«

»Ileana, um mit den beiden allein reden zu können, habt Ihr sträflich in das Leben von drei Unschuldigen eingegriffen. Vier, wenn man die Mutter mitzählt, die am Steuer saß …«

»Eingegriffen?«, wiederholte sie. »Das war doch nur eine Reifenpanne. Und habt Ihr gesehen, wie die sich aufgeführt haben, als ich dann weg war? Sie haben gekreischt, sich den Mund vollgestopft mit diesen Pizzen, sich gegenseitig mit Strohhalm-Verpackungen beworfen …«

»So etwas tun wir einfach nicht!«, unterbrach Karsh sie. »Es ist verboten. Wir verzaubern und verhexen einfach niemanden und mischen uns auch sonst generell nicht in fremder Leute Leben ein … es sei denn, es geschieht zu ihrem Nutzen, nicht zu unserem.«

»Nun, zwei meiner Schutzbefohlenen schwebten in ernsthafter Gefahr. Zwei, die mehr wert sind, als alle anderen Menschen zusammen …«

»Niemals!«, rief Karsh entsetzt aus. »Solch eine Ansicht ist einer wahren Hexe unwürdig. Das widerspricht allem, woran wir glauben. Alles Leben ist heilig …«
Ein Flügelschlagen über ihren Köpfen erschreckte Ileana. Sie sprang von ihrem Sitz auf und trat auf Boris' Schwanz. Der schlafende Kater kreischte vor Schreck. Im wilden Galopp verschwand er im Wald hinter dem Haus.
»Ah, da seid Ihr ja. Pünktlich wie eh und je!« Lady Rhianna schwebte dicht über dem Haus. »Zum Dom der Gerechtigkeit – und zwar sofort, wenn ich bitten darf«, befahl sie.
»Ich bin so pünktlich, wie Ihr geduldig seid«, grummelte Ileana, stand auf und klopfte Laub und Zweige von ihrem seidenen Umhang. »Ich bin soeben hier eingetroffen und habe Eure Nachricht gerade erst vorgefunden.«
Karsh schirmte seine Augen gegen die Sonne ab, dann winkte er Rhianna herzlich zu. Über ihnen in ihren weiten Kleidern schwebend erinnerte sie an einen wunderschönen Zeppelin, und er bewunderte ihr bronzefarbenes Gesicht mit den Grübchen und den funkelnden schwarzen Augen und ihre drahtigen grauen Haare, die nach Mandelöl dufteten. Doch vor allem bewunderte er ihre prächtigen Schwingen. Rhianna war nur wenige Jahre jünger als er selbst, doch sie war noch immer voller Kraft und es gelang ihr noch immer, dieses verblüffende Zubehör hervorzuzaubern – schon einer der Flügel allein wog beinahe so viel wie Karsh.
Kreise beschreibend lächelte Lady Rhianna ihn an. »Ich erwarte Euch – alle beide«, betonte sie, »in meinen Gemächern. Karsh, alter Freund, Ihr wirkt erschöpft.«
»Schön wär's«, schmollte Ileana.
Ruckartig wandte sich Rhianna der jungen Hexe zu. Ihre Augen verdunkelten sich, ihre Schwingen schlugen drohend.

»Ich meinte doch nur, dass er mir nicht die ganze Zeit über Vorhaltungen machen könnte, wenn er wirklich erschöpft wäre«, erklärte Ileana rasch. »Andererseits hätte er mich natürlich die Kunst der Verwandlung lehren können. Ich hatte ihn schon fast überredet …«

»Verwandlung?«, tobte Rhianna.

Karsh zuckte zusammen. »Es ist ja nicht dazu gekommen«, betonte er.

Rhianna betrachtete ihn einen Moment lang prüfend, flatterte kurz auf der Stelle und flog plötzlich davon.

»Jetzt kommt Ihr in Schwierigkeiten, stimmt's?«, lachte Ileana.

»Schlimmer wäre es, wenn ich Euren Wunsch erfüllt hätte.« Seine Kniegelenke knackten unangenehm, als sich der alte Hexer vorsichtig auf die Schwelle setzte. »Ihr seid der Vormund der beiden Mädchen, Ileana; Ihr seid begabter und von rascherer Auffassungsgabe als die meisten anderen, ein wahrhaftes Talent unter den Vertretern der magischen Kunst. Und dennoch, ich muss darauf zurückkommen: Ihr hattet kein Recht …«

»Kein Recht, kein Recht! Ich habe dieser roten Blechkiste nur einen Platten beschert. Niemand ist zu Schaden gekommen. Und überhaupt: Ich gehe jetzt und spüle den Gestank von Tomaten und Knoblauch von meinem Körper. Danach befördere ich Euch zum Dom der Gerechtigkeit. Ruht Euch einen Augenblick aus«, schlug Ileana vor. Als sie an ihm vorbei ins Haus ging, strich sie mit der Hand leicht über seine flaumigen Haare.

Karsh lächelte überrascht. Die sorglose junge Hexe, für deren Sicherheit er verantwortlich war, hatte ihn berührt – nicht nur mit ihrer Hand, sondern auch – trotz all ihrer Aufmüpfigkeit – mit ihrem Herzen.

Ihre milde Geste erfreute ihn. Er schloss die Augen, nur für einen kurzen Augenblick – und wurde bald darauf jäh aus dem Schlaf gerissen, als Ileana ausrief: »Endstation!« Sie öffnete die Arme und ließ ihn langsam auf den mit einer dünnen Eisschicht bedeckten Platz vor dem Dom der Gerechtigkeit hinabgleiten.

Karsh landete aufrecht auf seinen dürren Beinen. Dafür hatte Ileana gesorgt. Sie hatte auch sichergestellt, dass Lady Rhianna und ihr Stellvertreter, Lord Grivveniss, ihrer beider Ankunft mitbekamen – und ihre, Ileanas, Fähigkeiten zur Kenntnis nahmen.

Nicht viele Hexen und Zauberer in ihrem Alter beherrschten die Kunst des Schwebens, vom Fliegen ganz zu schweigen. Doch Karsh hatte Ileana ermutigt, ihre Schwingen früher zu erproben als die meisten anderen. Natürlich waren Ileanas Flügel nicht so protzig und eindrucksvoll wie die von Lady Rhianna – eher entzückend und geschmackvoll, denn sie waren mit feinem Gold bestäubt.

Die beiden Erleuchteten warteten schon vor dem purpur-, rot- und goldfarbenen Dom. Grivveniss, mit seinem dünnen Spitzbart und den flaschendicken Brillengläsern, humpelte auf Ileana zu und klatschte Beifall. »Eine bemerkenswerte Landung für ein so junges Wesen, noch dazu bei solch stürmischem Wetter«, beglückwünschte er sie.

Die schöne Hexe lächelte den alten Mann an. »Es freut mich, dass Ihr daran Gefallen gefunden habt«, erwiderte sie mit einer Stimme so voller Süße, dass ihm die Röte ins Gesicht stieg. »Es ist mein Wunsch, eine der Mächtigen zu werden, mein Lord, weise und geschickt wie Ihr es seid.«

Lady Rhianna warf einen zweifelnden Blick auf Karsh und räusperte sich dann vernehmlich. »Nun, können wir dann mal?«, fragte sie und deutete auf das Gebäude.

»Selbstverständlich«, stimmte Grivveniss ihr zu und bot der jungen Hexe galant seinen Arm.
Ileana musste sich schwer zusammenreißen, um Karsh und seiner altmodischen Freundin Rhianna nicht die Zunge herauszustrecken, als sie mit Grivviness an ihnen vorbeiglitt.
»Ich habe Euch hierher einberufen, um herauszufinden, aus welchem Grund unschuldige Menschen in Massachusetts in Gefahr gebracht wurden«, begann Rhianna, nachdem alle in ihren Räumen Platz genommen hatten. »Bin ich recht informiert, dass es sich um Freunde von Apolla und Artemis handelte?«
Ileana grinste Karsh ausgelassen an.
»Sie heißen jetzt Camryn und Alexandra«, teilte Karsh der Vorsitzenden der Ratsversammlung behutsam mit.
»Danke«, erwiderte sie kurz. »Doch nun will ich, dass Ihr mir von dieser Sache mit dem Auto erzählt. Wessen tolle Idee war das denn?«
»Meine«, gestand Ileana geradeheraus. »Ihr selbst und der Rat gabt mir Anweisungen, dass ich mehr Verantwortung für die Zwillinge übernehmen, mich stärker in ihrem Leben engagieren sollte …«
»Erleuchtete«, unterbrach Karsh hastig. »Ileana wählte zwar die Methode, doch der Auftrag kam von mir. Ich bin nur ein bejahrter Diener …«
»Karsh, mein Lieber, es gibt keine Diener unter uns Lords und Ladys. Wir sind Wesen mit besonderen Talenten, die wir zum Wohle der gesamten Menschheit einsetzen.«
»Natürlich. Und genau in diesem Sinne, Rhianna, erlaubte ich Ileana allein nach Marble Bay zu gehen und die Zöglinge vor der drohenden Gefahr zu warnen. Ich bin schon sehr alt und sie ist jung und stark …«

»Willensstark.«
»Habt Ihr denn nicht beobachtet, wie sie Lord Karsh in ihren Armen getragen hat?«, fragte Grivveniss und lächelte Ileana verzückt an.
»Das habe ich in der Tat. Wie beabsichtigt. Doch weshalb«, erkundigte sich Rhianna und schob ihren mit Seide umhüllten Körper von ihrem Stuhl, »war es notwendig, etwas so Riskantes wie einen während der Fahrt platzenden Autoreifen herbeizuführen?«
»Der Besuch diente dem Zweck, die Mädchen davor zu warnen, dass Lord Thantos höchstwahrscheinlich jemanden entsenden wird, um sie zu sich zu locken. Jemanden, der so aussieht und sich so verhält wie ein ganz normales Wesen. Und ich trat schon vor dem Restaurant an sie heran, feiste Lady, doch da waren sie bereits in Begleitung einer Freundin. Die beiden sind allseits beliebt …«
»Feiste Lady?« Rhianna erhob sich.
»Sagte ich ›feist‹? Ich meinte natürlich ›fein‹.«
Rhianna warf einen kurzen, abschätzenden Blick auf Karsh und begann dann, auf und ab zu laufen, ihr goldener Umhang loderte und ihre kleinen roten Schule klapperten auf dem Marmorfußboden. »Ihr zieht es doch wohl nicht ernsthaft in Erwägung, dieses Kind die Kunst der Verwandlung zu lehren, alter Freund?«
Karsh antwortete ihr nicht sofort. Er konnte nicht auf Anhieb aussprechen, was er in seinem Inneren fühlte. Dass er langsam vom Alter gezeichnet wurde, seine Sinne abstumpften und seine Kräfte schneller nachließen, als er erwartet hatte. Er verspürte den Wunsch, sein Wissen weiterzugeben. Nein, nicht den Wunsch … die dringende Notwendigkeit. Wenn Ileana die volle Verantwortung für ihre Zöglinge übernehmen sollte, dann

würde sie mehr von der Kunst der Mächtigen lernen müssen. Viel mehr – und bald.

»So ist das also.« Rhianna hatte seine Überlegungen natürlich mit angehört. Ihr Blick wurde weich. Ihre Augen schimmerten wie von Tränen, als sie Karshs geschwächte und vertraute Gestalt betrachtete. Dann erinnerte sie sich an ihre Stellung, räusperte sich und fuhr fort: »Ich kann einfach nicht glauben, dass Ihr auch nur einen Augenblick lang in Erwägung gezogen habt, diese vorschnelle und leichtsinnige junge Hexe die Geheimnisse der Mächtigen zu lehren. Wie soll ich mich verhalten, jetzt, wo ich darum weiß?«

»So wie Ihr es für richtig haltet«, schlug Karsh vor. »Wie Ihr müsst.«

»Guter Karsh.« Lady Rhiannas laute, dröhnende Stimme brach, wurde zu einem Flüstern. »Ich kann ... ich will Euch nicht dafür bestrafen, dass Ihr die Ausbildung Eures eitlen und ungeduldigen Zöglings vorantreiben wolltet. Aber einen Autounfall zu riskieren ...? Nein, nein, nein. Wir haben es hier mit menschlichen Lebewesen zu tun – das verlangt Umsicht, Ehre, Verstand ...«

»Alles Tugenden von Lord Thantos«, sagte Ileana träge.

»Kind«, sprach Grivveniss freundlich. »Obschon viele von uns deine Auffassung teilen, dass Lord Thantos Schuld am Tod von Aron, dem Vater der Zwillinge trug ...«

»Der«, erinnerte Rhianna sie, »Thantos' eigener Bruder war.«

»Sein Bruder ... als würde dadurch dieser Akt des Bösen weniger wahrscheinlich! Er war auch sein Geschäftspartner«, fügte Ileana hitzig hinzu, »Gründer eines Firmenimperiums, das sich mit der Herstellung dieser neuartigen Computer-Rechenwerkzeuge beschäftigt, ein riesiges Unternehmen, das in der Welt außerhalb dieses Inselchens Milliarden wert ist. Es ist nicht entschuldbar, aber leider ist es so, dass solche Reichtümer allein schon Motiv genug für einen Mord sind! Falls es denn so gewesen ist …«

»In der Tat«, pflichtete Grivveniss ihr bei. »Und Lord Thantos hatte ein Alibi. Ein Alibi, auf das Miranda – Arons Frau, die Mutter der Zwillinge – einen bekräftigenden Eid schwor, bevor der Kummer sie zerstörte.«

»Halt!« Karsh wusste, was Ileana als Nächstes sagen würde und hielt sie davon ab. »Natürlich ist es sehr gut möglich, dass Thantos Miranda dazu gezwungen hat, ihm dieses Alibi zu geben, sie durch einen Trick zu ihrer Aussage gebracht hat – doch sie kann uns ihre Geschichte nicht mehr erzählen.«

»Und wenn es nach Thantos geht, wird er Mirandas Kindern dasselbe antun!«, behauptete Ileana. »Sie sind Arons wahre Erben. Camryn und Alexandra! Mit dem Tod ihres Vaters fiel ihnen sein ungeheures Vermögen zu. Und Ihr alle wisst so gut wie ich«, behauptete sie selbstsicher, »dass Thantos vorhat, die Mädchen auf seine Seite zu ziehen oder sie zu vernichten.«

Kapitel 7

EIN SCHLECHTER EINFLUSS

Etwa ein Dutzend Kids waren zur Einführungsveranstaltung erschienen und saßen in den vorderen Reihen, als Alex und Madison die Aula betraten. Cade Richman war allein ganz hinten geblieben.

Alex bemerkte ihn nicht gleich. Sie hatte den Raum schon halb durchquert, genervt von Madisons endlosem Geplapper.

Plötzlich wehte ein Hauch von Seife und Leder zu ihr herüber und ihr wurde vor Freude beinahe schwindelig. Sie versuchte Cades Gedanken aufzuschnappen, aber das Einzige, was sie hörte, war Madison, die neben ihr immer weiterredete, vor allem von dem Vorfall, den dieser Eddie Robins vorhin im Gang provoziert hatte.

»Ich war irgendwie völlig panisch. Ich dachte: ogottogott, das kann doch nicht wahr sein. Direkt an meinem ersten Tag in dieser Schule passiert gleich so was. Am ersten Tag? Gleich in der ersten Stunde! Ich hab mich so was von kaputt gefühlt. Und dann habe ich euch beide gesehen. Also habe ich mir gesagt: diese zwei. Die werden nicht zulassen …«

Während Madison an ihrer Seite pausenlos zwitscherte, blickte Alex über ihre Schulter auf Cade.

Er schenkte ihr ein breites Lächeln, von Ohr zu Ohr.

»Madison«, sagte sie. »Halt mir 'nen Platz frei, okay? Ich komm gleich nach.«
Alex drehte sich um und ging auf Cade zu – und Madison, statt Alex' Bitte nachzukommen, folgte ihr auf dem Fuße, die Gummisohlen ihrer Schuhe quietschten auf dem Holzfußboden. »Ich meine, ich hab euch einfach nur angesehen und ich wusste, dass ihr nicht zulassen würdet, dass auch mir was passiert. Und da hatte ich ja auch sooo was von Recht, stimmt's?«
»Hi«, sagte Cade und erhob sich langsam. »Ich dachte, wenn ich mich ganz hinten hinsetze, kriege ich bestimmt mit, wenn du kommst.«
Alex öffnete den Mund, doch es war Madisons schrille Stimme, die kreischte: »Oh, hi! Du bist derjenige, der mir meine Brieftasche wiedergegeben hat. Ich bin Madison Knudnick. Das K spricht man nicht.« Sie streckte ihm die Hand entgegen – ihre kleine Pfote, musste Alex unwillkürlich denken – und Cade, der gutmütig grinste, schüttelte sie.
Madison holte nur kurz Luft, dann redete sie auf Cade ein. »Wow, ich hatte so darauf gehofft, dass ich dir noch mal begegnen würde. Ich meine, ich wollte mich einfach bei dir bedanken, du weißt schon. Aber als ich mich wieder halbwegs aufgerappelt hatte, warst du schon weg …«
»Guten Morgen. Guten Morgen, Leute, und herzlich willkommen!«, rief eine knarzende Stimme. Sie gehörte einem untersetzten Mann in einem zerknitterten, kakifarbenen Anzug, der gerade die Bühne betreten hatte. Er versuchte gegen den allgemeinen Lärm anzugehen. »Du da drüben mit den langen Haaren, ich weiß nicht, ob du ein Junge oder ein Mädchen bist, wenn du deine Aufmerksamkeit bitte hierher richten würdest.«
Das Nylonhemd des Mannes war zu eng, es spannte sich über seinem Bierbauch. Sein Schlips war kurz und breit wie ein

Papierdrachen. Seine Jacke klapperte förmlich vor Stiften, was auch einen Tintenfleck auf der Brusttasche seines Jacketts erklärte. »Na gut, dann wollen wir alle langsam mal zur Ruhe kommen.«

Cade setzte sich wieder und Alex platzierte sich neben ihn. Madison zögerte keine Sekunde und ließ sich neben Alex auf den Stuhl am Gang plumpsen.

Langsam ebbte der Lärm ab. »Guten Morgen, Leute«, erhob der Mann oben auf der Bühne wieder seine Stimme. »Genau wie ihr bin auch ich neu an der Marble Bay Highschool. Ich heiße Mr Shnorer und einige Glückliche werden mich im Englischunterricht besser kennenlernen …«

»Rate mal, wer auch ein Glücklicher ist?«, flüsterte Alex Cade zu und zeigte ihm ihren Stundenplan.

»Ich habe Englisch bei irgendjemandem namens Woolsey«, erwiderte er leise.

»Cam auch, glaube ich …«, sagte sie und verspürte einen Anflug von Eifersucht.

»Ich auch«, erklang Madisons gellendes Quietschen. »Ich auch. Ms Woolsey. Oh wie schade, Alex. Ich hatte total gehofft, dass wir in die gleichen Kurse kommen. Ich weiß doch, wie viel dir das bedeuten würde. Mich kennenzulernen und so. Oh wow, das muss ja total doof sein für dich!«

»Oh wow, ja. Völlig.« Alex warf einen kurzen Blick zu Cade hinüber und versuchte, nicht in Lachen auszubrechen. Sie mussten sich schnell voneinander abwenden, um nicht die Beherrschung zu verlieren.

»Was gibt es denn da hinten so Interessantes zu erzählen?«, rief

Mr Shnorer und lächelte sie kalt an. Er hatte einen seiner Stifte hervorgeholt und trommelte damit ungeduldig gegen seine Handfläche.

Alex versank in ihrem Sitz. Madison sprang auf. »Wir haben nur festgestellt, wie toll es ist, dass meine Freundin Alex in ihren Kurs kommt.«
»Alex? Wie heißt diese Alex denn weiter?«
»Fielding«, murmelte Alex.
»Wie bitte?«, fragte Mr Shnorer und hielt mit einer übertriebenen Geste eine Hand an sein Ohr. »Es ist noch gar nicht so lange her, dass ich alles verstehen konnte, was man mir sagen will. Nur keine falsche Bescheidenheit.«
Die meisten der Kids vorn in der Aula hatten sich umgedreht und starrten sie an. Einige kicherten nervös.
»Fielding«, meldete sich Madison.
»Fielding.« Der Englischlehrer verengte seine Augen zu Schlitzen und betrachtete Alex voll konzentriert, als wolle er sich ihr Gesicht einprägen. »Es ist uns allen eine große Freude, deine Bekanntschaft zu machen, Alex Fielding. Und nun, immer vorausgesetzt, dass Miss Fielding nichts dagegen hat, würde ich gerne denjenigen, die es hören wollen, ein paar Dinge über Marble Bay High erzählen, die euer – und mein – erstes Halbjahr hier vielleicht etwas angenehmer machen werden.«
Endlich setzte Madison sich wieder hin. »Wow, dich so anzugehen … Was für ein alter Meckerfritze!«, sagte sie, ein bisschen zu laut.
Alex war total genervt von dem Geschwätz dieser Madison. Ihr einziger Trost war, dass sie neben Cade saß. Während die Einführungsveranstaltung ihren schleppenden Lauf nahm, atmete sie seinen süßen Seifenduft ein, der mit dem salzigen Geruch von Leder gewürzt war. Wie hatte sie nur glauben können, dass er irgendein merkwürdiges Geheimnis verbarg? Jetzt erschien er ihr so völlig offen.
Dieser Mr Shnorer hätte ebenso gut Schnarcher heißen können,

dachte sie. Seine langweilige Stimme machte sie plötzlich angenehm schläfrig. In der stickigen Aula schloss sie einen Moment lang die Augen.

Und hörte: das schreckliche Quietschen von Reifen. Zwei Stimmen, beide weiblich, gellend vor Entsetzen, atemlos: »Nein!« Dann, und das war das Allerschlimmste, vernahm sie einen dumpfen Aufprall.

Um wieder Halt zu gewinnen, umklammerte Alex die hölzernen Lehnen ihres Sitzes. Stattdessen fanden ihre Hände zwei Arme, einen von Cade und einen von Madison – und einer davon versetzte ihr einen elektrischen Schlag, einen Funkenstrom. Es war das gleiche durchdringende Kribbeln, das sie verspürt hatte, als sie zum ersten Mal mit Docs Ärmel in Berührung gekommen war, kürzlich, als es um die Suche nach dem verschwundenen Pop-Star Maddie Cooper ging, und wo er die Rolle eines Polizeibeamten spielte, an der Seite seiner schönen blonden Kollegin Ileana.

Alex öffnete ruckartig die Augen. Wessen Arm hatte ihr den Schlag versetzt – Cades oder Madisons? Wessen Ärmel oder Hand hatte sie versehentlich berührt?

Sie blickte auf die Armlehnen zu beiden Seiten ihres Sitzes. Sie waren leer. Sowohl Cade als auch Madison klatschten Mr Shnorer lustlos Beifall.

Am Nachmittag saß Alex im Klassenzimmer und lauschte der monotonen Stimme ihres untersetzten Englischlehrers, Mr Shnorer.

Dylan, der genau hinter ihr saß, steckte ihr einen Zettel zu. *Du hattest Recht*, stand da drauf, *der Typ ist wirklich total langweilig.*

Obschon Dyl zehn Monate jünger war als Camryn, hatte Emily Barnes, seine Mutter, gewollt, dass alle ihre Zöglinge in die gleiche Stufe kommen würden. So ging Cams Bruder also ebenfalls in die zehnte Klasse, was hinsichtlich seiner Leistungen auch gerechtfertigt war …

Das hast du echt gut gemacht, Emily Barnes, dachte Alex, die dankbar war, dass ein bekanntes Gesicht in ihrem Englischkurs saß.

Der Lehrer trommelte wieder mit einem seiner Stifte herum, diesmal gegen seine Wange – was Alex beinahe so nervte wie die Tatsache, dass er im Prinzip gar keinen Unterricht abhielt. Er trug nur schleppend eine leicht abgeänderte Version seiner Einführungsrede vor. Das war doppelt ätzend, denn zum einen hatte Alex wie auch einige andere den langweiligen Vortrag schließlich schon einmal über sich ergehen lassen und zum anderen war Englisch eines ihrer Lieblingsfächer, ein Kurs, auf den sie sich immer gefreut hatte.

Statt einer Antwort kritzelte sie auf den Zettel *Was hältst du eigentlich von Cade?* und reichte ihn Dylan wieder zurück.

Er beugte sich vor und flüsterte: »Welcher Cade?«

Alex wandte sich um und verdrehte die Augen. »Der Typ in der Lederjacke. Von heute Morgen?«

»Der Knacki?«, fragte Dylan.

Alex seufzte. »Was? Wovon redest du?«

»Du meinst doch den Typ, der dir angeboten hat, dein Zahlenschloss zu knacken, oder?«

»Schon gut!« Beleidigt drehte sich Alex wieder zur Tafel.

Etwas schwirrte auf einmal über ihren Kopf und traf hinter Dylan auf die Wand. »Ach je«, sagte Mr Shnorer, »manche dieser Stifte sind einfach nicht flugfähig.«

Alex konnte es nicht fassen. Der Typ hatte nach ihnen geworfen! Einige der Schüler lachten, die anderen schnappten nach Luft und funkelten den Lehrer an.

»Möchtest du uns allen gerne mitteilen, was ihr so Wichtiges zu besprechen habt, Alex?« Er zog einen weiteren Stift aus seiner Tasche und begann, damit gegen seine Handfläche zu klopfen.

Kochend vor Wut schüttelte sie den Kopf.

»Steh bitte mal auf«, befahl Mr Shnorer. »Und teile uns mit, was gerade interessanter war als das, was ich hier erzähle.«

Sehr langsam erhob sich Alex. »So gut wie alles«, sagte sie.

Die Verteilung änderte sich. Diesmal lachte der Großteil der Klasse und nur wenige schnappten nach Luft. Leider jedoch gehörte Mr Shnorer zur letzteren Kategorie.

»Vielleicht würdest du gerne mit …« Er warf einen Blick auf den Sitzplan. »Dylan. Dylan Barnes … vielleicht würdet ihr eure Unterhaltung gerne draußen fortführen?«

»Mit Vergnügen«, erwiderte Alex. »Sie können mich mal!«

»Allerdings!« Auch Dylan erhob sich.

»Na schön.« Rasch zog der Lehrer ein Blatt Papier aus der Schreibtischschublade und kritzelte etwas darauf. »Das bringt ihr bitte zur Schulleiterin. Sicherlich wird euch Mrs Hammond die für euer Gespräch nötige Abgeschiedenheit zur Verfügung stellen. Möglicherweise für mehrere Stunden.«

»Das war's dann wohl«, flüsterte Dylan. »Nachsitzen.«

»Und das gleich am ersten Tag«, bemerkte Alex. »Mann, ist das eine fortschrittliche Schule. Normalerweise brauche ich mindestens zwei Tage, bis man mich zum Direktor schickt.« Sie schnappte sich das Stück Papier aus Mr Shnorers Hand und wünschte, sie hätte Cams Fähigkeiten. Sie hätte jeden einzelnen Stift in der Tasche dieses Volltrottels zum Schmelzen gebracht und sein speckiges, durchsichtiges Hemd geröstet.

Natürlich gab es das eine oder andere, was sie auch selbst auf die Reihe gekriegt hätte. Aber sie war nicht allein in dieser Situation, sie musste auch an Dylan denken – und der machte keinen hochgradig begeisterten Eindruck.

Olivia Hammond war das krasse Gegenteil von Mr Shnorer. Sie war gut in Form, wie aus dem Ei gepellt, mit großen, hellbraunen Augen, die Alex an ihre Mutter erinnerten, und einer modisch geschnittenen Frisur. Die Schulleiterin nahm den Zettel entgegen, den Alex ihr gab, und bedeutete Dylan und Alex sich hinzusetzen. Die Sessel, auf die sie zeigte, waren bequem und mit leicht abgewetztem braunem Leder bespannt.

Während Alex vorn auf der Kante ihres Sitzes balancierte und die im Raum auf und ab gehende Schulleiterin mit den Augen verfolgte, lehnte Dylan sich zurück, als habe er sich schon vollkommen mit seinem Schicksal abgefunden.

Anmaßend?, fragte sich Mrs Hammond während des Lesens. *Anmaßend, unaufmerksam, aufsässig …*

» … und in der Klemme«, ergänzte Alex unwillkürlich.

»Wie bitte?« Überrascht blickte die Schulleiterin auf.

»Äh, ich fragte nur, ob wir jetzt in der Klemme sitzen«, improvisierte Alex.

»Also, kriegen wir Nachsitzen oder nicht?«, erkundigte sich Dylan.

»Nun …« Mrs Hammonds Gesichtsausdruck wandelte sich von Überraschung zu Belustigung. »So früh im Halbjahr wäre das wohl etwas übertrieben, Dylan, wahrscheinlich ist noch gar nicht geklärt, wer da Aufsicht führen könnte. Alexandra, ich weiß, dass du neu bist in Marble Bay, und ich bin sicher, dass du eine Menge in den Unterricht deiner Stufe einbringen kannst.« Sie lehnte sich gegen ihren Schreibtisch und legte den

Zettel aus der Hand. »Erzählt mir doch mal, was sich eigentlich abgespielt hat.«

Größtenteils berichtete Dylan. Obschon die Schulleiterin die ganze Zeit über verständnisvoll lächelte, konnte Alex ihren inneren Aufschrei hören, als er schilderte, wie Mr Shnorer den Stift geworfen hatte: *Oh nein. Was soll das?* Doch laut sagte sie: »Ich verstehe. Nun, auch Mr Shnorer ist neu an unserer Schule. Vielleicht sollten wir die Ereignisse des heutigen Tages einfach als allgemeines Lampenfieber verbuchen.«

Dylans Erleichterung war nur von kurzer Dauer.

»Ich muss euch aber einen Brief an eure Eltern mitgeben, den sie unterschreiben …«

»Das sind nicht meine Eltern«, sagte Alex unwillkürlich.

»Ja, das hat Mrs Barnes mir erklärt«, erwiderte Olivia Hammond. »Aber soweit ich informiert bin, hat Mr Barnes die offizielle Vormundschaft schon beantragt …«

Da klopfte es schroff an der Tür und einen Augenblick später steckte die Sekretärin der Schule ihren Kopf ins Zimmer von Mrs Hammond und berichtete aufgeregt: »Mrs Hammond, die Polizei ist hier. Sie haben einige Fragen zu einem unserer Schüler.«

Kapitel 8

STIMMEN DER VERGANGENHEIT

»Hast du sie gesehen?«, fragte Cam nach der Schule.

»Wen, die Bullen? Klar«, erwiderte Dylan düster. Er begleitete Cam und Alex zu den Fahrradständern, sein Skateboard hatte er unter den Arm geklemmt. »Wir hatten Logenplätze.«

Alex kniff ihn in den Arm.

»Aua«, brüllte Dylan. »Ich hab doch gar nicht gesagt, dass wir zur Hammond mussten. Was sollte das denn?«

»Das sollte dich davon abhalten, alles auszuplaudern, aber mein Plan ist offensichtlich nach hinten losgegangen.«

»Wisst ihr, an wen die mich erinnert haben?« Cam war in ihre eigenen Gedanken vertieft. »An diese beiden Polizisten, Karsh und …«

»Ileana«, ergänzte Alex. »Wieso?«

»Na ja, ich bin einfach ins Grübeln gekommen …«, sagte Cam und schloss ihr Rad auf.

»Das ist ja immer gefährlich.« Alex lächelte ihre Schwester an.

»Ihr fahrt gleich nach Hause, oder?«, fragte Dylan Alex, ohne auf den Dialog von Cam und Alex einzugehen. »Dann kannst du ja für mich mit beichten.«

»Ich hab's doch versprochen«, meinte Alex. Sie zog ihr Fahrrad, das vorher Dylan gehört hatte, aus dem Ständer und ver-

drehte die Augen. »Das war alles komplett meine Schuld, klar? Das werde ich Emily und Dave auch sagen.«
»So habe ich das doch gar nicht gemeint.« Er verzog das Gesicht. »Na egal. Wir sehen uns.«
»Wie gesagt, ich hab's versprochen, Dylan. Ich fahre gleich nach Hause.« Dylan nickte und stieg auf sein Skateboard. »Lass dir Zeit«, rief Alex ihm nach und hoffte, dass er sie über das rollende Geräusch, das sein Board verursachte, überhaupt noch hören konnte. »Dyl, sag nichts, bevor ich nicht auch da bin.«
Zumindest das hatte schließlich Cams Aufmerksamkeit erweckt. Sie starrte Alex mit hochgezogenen Augenbrauen an.
»Frag nicht«, riet Alex. »Außerdem sahen die Bullen, die heute bei Mrs Hammond im Büro aufgekreuzt sind, überhaupt nicht so aus wie das Dream Team, das uns erschienen ist, als wir Marleigh befreit haben.«
»Weiß ich auch. Ich hab ja nur gesagt, dass ich mich deswegen an die beiden erinnert habe. Und als ich dann schon mal dabei war, hab ich auch gleich an den großen, bärtigen Typ mit den schweren Stiefeln gedacht, vor dem Ileana, die Polizistin oder die Kellnerin …«
»Oder Ileana, die schöne Barbiepuppe?«, neckte Alex.
» … uns gewarnt hat.« Cam schenkte der Unterbrechung keine Beachtung. »Na, jedenfalls hat der Monster-Mann oder wie er auch heißen mag …«
»Thantos«, sagte Alex. »Komischer Name, oder? Ich weiß, was das heißt, glaube ich, aber ich frag sicherheitshalber noch mal Mrs Bass.«
Mrs Bass war Alex' Bibliothekarin daheim in Crow Creek, Montana, und Ansprechpartnerin in allen Lebenslagen, wenn diese etwas mit Bildung zu tun hatten. Inzwischen hatte sie netterweise auch E-Mail-Adressen für Evan und Lucinda, Alex'

beste Freunde, eingerichtet, sodass sie miteinander in Kontakt bleiben konnten.

»Klar. Thantos«, bestätigte Cam gerade. »Alex, er hat behauptet, dass er unsere richtige Mom kennt, dass er weiß, wo sie ist und dass nur er uns zu ihr …«

Alex' Gesichtszüge erstarrten. »Ich weiß genau, wo meine Mom ist«, schnitt sie Cam das Wort ab. »Sie ist tot. Sie ist an Lungenkrebs gestorben und ich konnte nichts unternehmen, um ihr zu helfen.«

Sie erinnerte sich an den Traum, den sie vor Wochen gehabt hatte. In ihm war ihr Doc, alias Polizeibeamter Karsh, erschienen. Er hatte ihr sanft erklärt, dass sie nichts hätte tun können, gar nichts, um ihre Mom zu retten. »Ihre Zeit war gekommen«, hatte er gesagt.

Wahrscheinlich hatte dieser Traum ihr vorübergehend geholfen. Genau wie es ihr geholfen hatte, sich vorzustellen, dass ihre Mutter nur in Urlaub sei, mal raus aus Crow Creek, und dass sie noch da sein würde, lebendig, wartend, wenn Alex wieder nach Hause fuhr. Nur: Die Tatsachen sprachen dagegen.

Tatsachen. Sara, die einzige Mutter, die Alex jemals gehabt hatte, war tot.

»Und willst du auch wissen, warum?«, fragte Alex Cam ohne sie anzusehen. Unvermutet überschlug sich ihre Stimme. Sie räusperte sich, verlegen, beinahe wütend. »Sie ist gestorben, weil wir pleite waren. Komplett. Vollkommen. Kein müder Dollar mehr im Portmonee. Wörtlich!«

»Es tut mir leid, Als«, setzte Cam an.

Doch Alex schwang sich auf das Mountainbike, und machte sich auf den Weg in ihr neues Zuhause.

Cam trat in die Pedale ihres schnittigen roten Rennrads und fuhr ihr nach. »Warte, Alex. Es tut mir leid.«

»Weißt du, warum wir so pleite waren?«, rief Alex über ihre Schulter zurück. Es machte ihr nichts aus, dass sie mitten durch eine Masse von Kids radeln musste, die sich auf dem Weg zu kleinen Horden zusammenrotteten, alles Kinder wohlhabender Eltern, satt, gut gekleidet und zufrieden. »Weil mein Dad, diese Niete, uns einfach auf seinen dämlichen Schulden sitzen gelassen hat!«

Der Anblick von Kristen und Bree, die in ihren Designer-Klamotten am Bordstein standen und darauf warteten, dass Brees Haushälterin sie abholen kam, stachelte Alex noch weiter an. »Und sofort, nachdem mein sogenannter Vater sich aus dem Staub gemacht hatte, kamen überall irgendwelche fiesen Ekel aus ihren Löchern gekrochen und wollten, dass meine Mom ihnen die Kohle zurückzahlt, die er ihnen angeblich abgeluchst hatte«, fuhr sie so laut fort, dass die beiden Anziehpuppen sie hören mussten.

Aus den Augenwinkeln bemerkte sie mit Genugtuung, dass die beiden sich Blicke zuwarfen. »Hier trennen sich wohl unsere Wege, Cam. Wenn du deine wirkliche Mutter suchen willst, dann bitte, spiel Sherlock Holmes. Aber meine war und wird für immer Sara Fielding bleiben.«

Dylan stand schon in der Einfahrt zum Haus und schraubte an den Rollen seines Skateboards herum, als erst Alex und dann auch Cam angeradelt kamen. »Na dann, auf in den Kampf«, grummelte Alex und lehnte das Mountainbike einfach gegen die Garage.

»Was ist denn los?«, fragte Cam im Absteigen. »Früher oder später kriege ich es ja doch raus. Vielleicht kann ich irgendwie helfen …«

»Wir mussten zur Hammond«, erklärte Dylan ihr und folgte Alex ins Haus.
Cam schüttelte den Kopf und rannte ihnen nach. »Wieso?«
»Weil wir diesem dick-dreisten Deppen widersprochen haben, dem es offenbar irgendwas gibt, Leute zu schikanieren und mit Stiften zu bewerfen …«
»Shnorer«, erläuterte Alex.
»Der neue Englischlehrer?«, fragte Cam entgeistert.
»Mach dir nicht ins Hemd«, riet Alex. »Ich habe ihm nichts getan … jedenfalls nicht richtig. Der Kerl ist einfach durchgeknallt. Es würde mich nicht mal wundern, wenn er …«
»Nein!« Cam schnappte nach Luft. Sie wusste, was Alex dachte. »Du meinst, dass er vielleicht der Bote ist?«
»Bote? Schön wär's«, sagte Dylan und stellte sich Shnorer auf einem Fahrrad vor, einen großen alten Leinensack vor die Brust geschnallt, der überquoll von Paketen und Versandtaschen. »Er ist ein Lehrer. Und Mom kriegt 'nen Anfall …«
»Ach ja?« Emily warf ihnen einen Blick über die Schulter zu, als sie das Haus betraten. Sie saß an ihrem Schreibtisch, der in einer Ecke der Küche untergebracht war, und blätterte durch eine Mappe mit Stoffmustern, vor sich hatte sie den Entwurf für das Wohnzimmer eines Kunden ausgebreitet. Lächelnd wandte sie sich ihnen zu. »Worüber kriege ich einen Anfall?«
Alex und Cam sahen sich an. *Versuch bloß nicht, die Sache herunterzuspielen*, flehte Cam im Stillen. *Danke für den Tipp*, erwiderte Alex sarkastisch, ging dann durch den Raum und überreichte Emily den Brief von Mrs Hammond. »Houston, wir haben ein Problem«, scherzte sie. Hinter ihr stöhnte Cam leise auf.
»Hör mal, Mom …«, setzte Dylan an.
Emily hob die Hand und bedeutete ihm, still zu sein, solange

sie las. Als sie wieder aufblickte, war ihr Lächeln verschwunden. »Wenn du vorhast, mir mit Ausreden zu kommen … das kannst du dir sparen«, warnte sie Dylan.

»Das wollte ich nicht.« Er strich sich mit der Hand durch seine abgesäbelten und im Übrigen seit zwei Tagen von blauen Strähnen durchzogenen Haare. Haare, gefärbt à la Alex … Die Geste hätte er besser gelassen, dachte Alex, denn es lenkte die Aufmerksamkeit nur auf sein jüngstes Vergehen, eben die Aktion mit den blauen Strähnen. Emily war fest davon überzeugt, dass Alex ihn dazu überredet hatte. »Ich wollte nur sagen, dass er es nicht besser verdient hat. Der Typ ist echt ein …«

»Danke, das reicht!«, unterbrach ihn seine Mutter. »Und was dich betrifft, Alexandra …« Emilys blaue Augen blitzten. Sie stand abrupt auf und wedelte wütend mit der Nachricht von Mrs Hammond in der Luft herum. »Ich hätte etwas anderes von dir erwartet. Obwohl ich selber nicht genau weiß, warum eigentlich. Ich dachte nur, dass du es vielleicht zu schätzen wüsstest …« Sie vollendete den Satz nicht und ließ den Brief achtlos auf den Schreibtisch fallen. »Ich unterschreibe natürlich und euer Vater wird das auch tun …«

»Klar«, sagte Alex. »Sag mir Bescheid, wenn du ihn gefunden hast.« Sie drehte sich auf dem Absatz um und stampfte aus dem Zimmer.

Cam machte Anstalten, ihr nachzulaufen. »Du bleibst hier«, befahl ihre Mutter. »Ich möchte noch mit dir sprechen. Und dein Vater will das sicherlich auch.«

Als hätte er draußen auf seinen Einsatz gewartet, betrat Dave in genau diesem Moment die Küche.

»Was'n los?«, fragte er fröhlich. Doch nachdem er einen Blick auf die Szene geworfen hatte, schaltete er rasch um. Er ließ seinen Aktenkoffer einfach auf einen Stuhl fallen und rückte seine

Nickelbrille zurecht – ein sicheres Zeichen, dass er sich nun voll auf die Sachlage konzentrierte. »Na gut. Was ist denn passiert?«, erkundigte er sich vorsichtig.

Cam stieg übellaunig die Treppe hinauf. Ihr Vater hatte sie gebeten, auf Alex aufzupassen. »Die arme Alex«, hatte er sie genannt, nachdem Emily mit ihrer Standpauke fertig war und dann gemeinsam mit Dylan die Küche verlassen hatte. »Sie hat ein schlechtes Gewissen, Cami. Behalt sie einfach ein bisschen im Auge«, hatte er gesagt. »Das arme Mädchen, sie ist neu hier und sie hat so viel durchgemacht …«

»Klar. Im Gegensatz zu mir, oder was?«, hatte Cam mürrisch erwidert. »Ich hab ja nur mal so nebenbei nach vierzehn Jahren herausgefunden, dass ich adoptiert bin und dass ich eine mir vollkommen unbekannte Zwillingsschwester habe!«

Und das war nicht das Einzige, was sie durchgemacht hatte, doch das wollte sie nicht unbedingt mit David ausdiskutieren. Zum Beispiel, dass sie von Dingen wusste, bevor sie tatsächlich passierten.

Und Dinge sah, die sonst keiner sah.

Und sich wortlos mit Alex unterhalten konnte und manchmal auch selbst die allerleisesten Gedanken ihrer neu entdeckten, Schwierigkeiten magisch anziehenden Zwillingsschwester hören konnte.

Und dass sie entdeckt hatte, ihre Augen als Brandstifter benutzen zu können. Dass sie damit sonnengleich andere »bezaubern« oder blenden oder mit einem schneidenden Lichtstrahl geradezu fesseln konnte.

Ach ja, und dann war da noch die Tatsache, dass sie nie in ihrem Leben jemanden kennengelernt hatte, der Augen besaß wie sie, solche beinah metallischen und schwarz umrandeten grauen Augen. Und auf einmal schien es, als sei da irgendwo ein Nest von Grauäugigen: Erst tauchte Alex auf und dann auch noch Ileana.

Cam war verstimmt, genervt und hatte überhaupt keine Lust, die Rolle des »vernünftigen« Zwillings zu übernehmen, dem man es aufgedrückt hatte, sich um das widerspenstige Wild-West-Montana-Mädchen zu kümmern.

Alex war doch sowieso alles egal, daran bestand kein Zweifel, dachte Cam, während sie die Tür zu ihrem gemeinsamen Zimmer öffnete und eintrat. Alle im Hause der Barnes waren durch die neue familiäre Situation total gestresst, nur Alexandra die Große saß im Schneidersitz auf ihrem Bett und kramte in dem traurigen Häuflein Modeschmuck, das Doc Karsh für sie eingepackt hatte, bevor er sie hierher nach Marble Bay brachte.

Und es konnte keine Rede davon sein, dass »die arme Alex« sich mit ihrem total schlechten Gewissen herumschlug, weil sie sowohl in der Schule als auch zu Hause Mist gebaut hatte. Oder weil sie Dylan mit reingerissen hatte – obschon Cam sich eingestehen musste, dass ihr Skateboard fahrendes, Ohrring tragendes, ehemals langhaariges und jetzt strähnig blau gefärbtes Brüderchen keine großartige Hilfestellung dabei benötigte, auch allein in irgendwelche Sachen reinzurasseln.

»Danke, dass du so viel von mir hältst«, sagte Alex, ohne aufzublicken.

»Wie bitte?«, fragte Cam kühl. »Ich kann wohl davon ausgehen, dass du mal wieder in meine Gedanken eingebrochen bist. Wie kommst du also darauf, dass ich noch was von dir halte?«

»Hach, was sind wir heute wieder frostig. Ich spielte auf deine geniale Erkenntnis an, dass dein Bruder sehr wohl auch ohne meinen professionellen Rat Mist bauen kann.«

»Lass das«, sagte Cam. »Kümmer dich um deine eigenen Angelegenheiten und lass meine Gedanken in Ruhe, okay?«

»Wenn das nur so einfach wäre.« Alex nahm ein blassrosa Kästchen aus dem Haufen von Kinkerlitzchen auf dem Bett. Sie öffnete es, spähte hinein und ließ es dann rasch wieder zuschnappen. »Ich kann nichts dafür, wenn ich weitaus mehr von deinen öden Ansichten mitkriege, als mir lieb ist.« Sie stand ruckartig auf, ging mitsamt dem seidenbespannten Schächtelchen ins Badezimmer und knallte die Tür hinter sich zu.

In dem alten Kästchen war die Halskette, die laut Doc Karsh ihrer Mutter gehört hatte. Ohne das Licht anzumachen holte Alex das zarte Schmuckstück vorsichtig hervor und trug es zum Fenster hinüber. Traurig betrachtete sie das Mond-Amulett im spärlichen Glanz des schwindenden Tages.

Im Schlafzimmer saß Cam und spielte derweil geistesabwesend mit ihrer eigenen Kette herum, mit dem Sonnenamulett. Sie lauschte angespannt und fragte sich, ob sie wohl durch die Tür hindurchsehen könnte, wenn sie sich stark genug konzentrierte. Nein, beschloss sie, selbst wenn sie es könnte, würde sie es nicht tun. Sie würde ihre Psycho-Power nicht missbrauchen. Stattdessen schlenderte sie zum Computer hinüber, um nachzusehen, ob sie irgendwelche E-Mails bekommen hatte. Auf dem Bildschirm stand der Anfang eines Briefes von Alex an Mrs Bass in der Bibliothek von Crow Creek: *Wissen Sie vielleicht, was Thantos bedeutet? Der Name kommt mir bekannt vor, es könnte sein, dass ich ihn in diesem Mythologie-Buch gesehen habe, das ich damals so verspätet zurückgebracht habe, als meine Mom …*

Da endete die Nachricht. Mit dem Wort Mom.

Mühelos und beinahe gegen ihren Willen erkannte Cam, was sich abgespielt hatte. Als sie mitten in ihrer E-Mail an die

Bibliothekarin war, hatte Alex an Sara, ihre Mutter, gedacht – vielleicht auch Cams wirkliche Mutter … Dann hatte sie wahrscheinlich das Bedürfnis verspürt, irgendetwas zu berühren, das Sara gehört hatte oder das sie getragen hatte. Irgendetwas, das Alex aufbewahrte …

Cam fühlte sich auf einmal ausgeschlossen. Sie sehnte sich danach, mehr über Sara zu erfahren. Doch bislang hatte sie Alex nur entlocken können, dass ihre Mutter stark und liebevoll gewesen war und dass sie braune Augen gehabt hatte, keine grauen. Ach ja, und dass sie mit der Bibliothekarin aus Crow Creek zur Schule gegangen war.

Aber wenn Sara, die erst vor wenigen Wochen gestorben war, ihrer beider Mutter war … zu wem wollte sie dann dieser Irre, dieser Thantos, bringen? Die Vorstellung, dass er tatsächlich Sara gemeint haben, dass er sie zu einer Toten bringen könnte, ließ Cam erzittern.

Und wenn Sara nun doch nicht ihre wirkliche Mutter war? Wenn man Alex genauso betrogen hatte wie sie selbst? Wenn die Frau, die Alex vierzehn Jahre lang für ihre Mom gehalten hatte, in Wirklichkeit ebenso wenig ihre richtige Mutter war wie Emily die von Cam?

Camryn blickte wieder auf den Computerbildschirm. Und sah:

Dbass@Crowcreek.lib

Ein vertrautes Gefühl überkam sie. Mit gekrümmten Schultern schlug sie die Arme um ihren Körper und zitterte. Beth nannte diese Haltung »Vorahnungs-Position«.

Warum war sie nicht früher darauf gekommen, fragte sie sich. Alex sprach nicht über Sara – aber Doris Bass vielleicht.

»Ich soll also deine Gedanken in Ruhe lassen, während du in

meinen E-Mails rumschnüffeln darfst?«, warf ihr Alex wenige Minuten später vor, als sie wieder aus dem Badezimmer kam.

»Glaubst du, es ist mir peinlich, dass ich ganze zwei Sätze über etwas lesen konnte, das wir schon mal gemeinsam besprochen haben? Ehrlich gesagt: überhaupt nicht. Du hast mir doch erzählt, dass du Madame Bibliothek fragen wolltest, was der Name dieses Kerls bedeutet – schon vergessen?«

»Hach, das tut mir aber leid«, erwiderte Alex sarkastisch. »Wahrscheinlich hast du das unwiderstehliche Bedürfnis verspürt, genau auf diesem Stuhl abzuhängen und mal zu gucken, was so auf dem Bildschirm steht.«

»Ich hab wirklich Besseres zu tun«, sagte Cam. »Zum Beispiel Einladungen für die Halloween-Party zu verschicken, die ich organisieren will.«

»Da habe ich Geburtstag«, bemerkte Alex unwillkürlich. Ihre Finger, mit der sie die Kette ihrer Mutter umklammerte, erwärmten sich langsam.

»Mann, was für ein Zufall. Ich auch!«

Alex ging zum Computer hinüber und warf einen Blick auf den Bildschirm. Ein orangefarbener Kürbis leuchtete ihr entgegen. Durch einen Mausklick erschien der Umriss einer Hexe, die auf einem Besenstiel ritt.

»Cool«, wollte Alex eigentlich sagen, aber stattdessen formten ihre Lippen das Wort »heiß«. Das goldene Amulett brannte sich in ihre Handfläche. Sie bog ihre Finger auseinander und starrte den Halbmond-Anhänger an.

»Heiß? Na, das ist vielleicht doch ein bisschen übertrieben.« Cam lachte und wandte sich um. »Was ist los, Als?«

Alex wirkte angsterfüllt. Ihr Arm schien sich wie von selbst zum Hals ihrer Zwillingsschwester zu recken. Sie konnte es nicht verhindern. Schlimmer noch: Sie wollte es auch gar nicht.

Cam erhob sich, trat einen Schritt zurück und bemerkte dann das Amulett in Alex' ausgestreckter Hand, das perfekt zu dem passte, das um ihren Hals hing. Sie hob ihre schimmernde Kette ein wenig an, um die Ähnlichkeit näher betrachten zu können.

Noch bevor ihr bewusst wurde, dass ihr Anhänger mit Sonnenstrahlen verziert war und Alex' eher an einen Halbmond erinnerte, verspürte Cam ein Ziehen im Nacken. Die Kette bewegte sich auf Alex zu.

Als sie ineinandergriffen, entstand ein kurzer Stromschlag.

Alex' Halbmond und Cams strahlende Sonne vereinigten sich mit einem Knall!

Gemeinsam bildeten sie einen vollkommenen Kreis.

Mit einem Mal erfüllten leise Stimmen den Raum.

Sie sind wunderschön, Aron.

Ich habe sie selbst angefertigt, erwiderte die Stimme eines Mannes. *Diese hier gehört Euch, Miranda. Diese zwei gehören unseren Töchtern.*

Unter Einsatz all ihrer Kräfte, die Zähne zusammengebissen, um nicht vor Anstrengung aufzustöhnen, zog Alex ihre Hand zurück. Das Band, das zwischen den Amuletten entstanden war, zerriss. Die Stimmen verstummten und beide Mädchen wurden zurückgeschleudert. Alex landete auf ihrem Bett. Cam plumpste auf ihren Schreibtischstuhl.

Zitternd blickten sie sich im Zimmer um. »Wer war das? Wer hat da gesprochen?«, fragte Cam flüsternd. Doch sie glaubte die Antwort zu kennen.

Ernsthaft und beklommen hatte Alex den gleichen Gedanken. Und die Stimme der Frau hatte nicht Sara gehört.

War es denn möglich? Hatten sie die Stimmen ihrer wirklichen Eltern vernommen?

Alex konnte und wollte das nicht glauben. »Wovon redest du?«, erwiderte sie und drehte Camryn den Rücken zu.
»Als«, drängte Cam. »Ich glaube, ich habe gerade unsere Eltern gehört. Hatte Sara eine sanfte Stimme und … halt mich nicht für verrückt, aber roch sie … nach Kiefern?«
Alex' Widerstand brach in sich zusammen. »Nein«, gab sie zu und starrte auf das Amulett, das Doc ihr gegeben hatte. »Meine Mom roch nach Veilchen.« Sie bemerkte, dass Tropfen auf den goldenen Mond in ihrer Hand fielen. Sie weinte.
Cams Finger, die genauso aussahen wie Alex' – abgesehen von den Nägeln, die bei Alex abgekaut und blau angemalt, bei Cam hingegen sorgfältig geschnitten und farblos lackiert waren – nahmen Alex vorsichtig die Kette aus der Hand und legten sie um ihren Hals.
Ebenso gut hätten die beiden ihre Adern miteinander verbinden können. Jetzt, wo beide Mädchen den Schmuck trugen, den sie zu ihrer Geburt bekommen hatten, schlugen ihre Herzen im gleichen, starken und fordernden Takt.
Ihre Hände umklammerten einander und sie verspürten, wie ein seltsames elektrisches Fließen sie durchlief.
Alex blickte auf. Sie starrte ihrer Schwester direkt in die Augen.
»Als, ich glaube, das waren sie wirklich«, sagte Cam.
Es war ein ungewöhnlich milder Herbstnachmittag gewesen, doch mit einem Mal kam draußen ein Sturm auf. Der Wind pfiff in den Bäumen. Äste schlugen an die Fensterscheiben. Von draußen vernahmen sie ein einsames Heulen, das von einem krachenden Blitzschlag unterbrochen wurde. Irgendwo hatte sich ein Fensterladen losgerissen und schlug gegen das Haus.

Alex und Cam standen mitten im Raum und sie hielten sich aneinander fest. Umtost von Lärm.

Kapitel 9

DIE WAHRHEIT ÜBER CADE

»Kann es sein, dass ihr auch schon mal begeisterter wart, mich zu sehen?«, fragte Bree. Ein Schwall mit einigen blonden Strähnen durchzogener Haare war hoch auf ihrem Kopf zu einem Pferdeschwanz zusammengebunden. Die Frisur erinnerte Cam an Wilma Flintstone und Alex an eine Heiligenstatue. »Ich meine, wen habt ihr denn erwartet? Ben … Brad … Brice?«

»Höchstwahrscheinlich mich«, witzelte Dylan und folgte Bree in das Zimmer der Zwillinge. Bree hatte ihren eleganten Rock und den passenden Pullover nach der Schule gegen ein Freizeit-Ensemble ausgetauscht, das aus einem eng anliegenden Top und Kniehosen bestand. »Ihr glaubt ja gar nicht, was Banana jetzt schon wieder rausgefunden hat!«

Bree bemühte sich, den Jungen finster anzublicken, doch es gelang ihr nicht. Sie war viel zu überdreht. Ihre grünen Augen funkelten vor Sensationslust.

Cam war enttäuscht. Beinahe hätten Alex und sie es geschafft, eine Verbindung zu ihren Eltern herzustellen, zu ihren wirklichen Eltern – das war jetzt völlig klar … »Ach, hallo. Hi, Bree«, sagte sie etwas lustlos.

»Na dann. Wir sehen uns später.« Alex versuchte, sich von Cam loszueisen.

»Aber Alexandra …« Bree gab vor zu schmollen. »Du verpasst das Gerücht des Jahrhunderts. Außerdem geht es um diesen RT, der so in dich verknallt ist.«
»RT?« Alex hatte keine Ahnung, wovon sie redete.
»Reicher Typ«, übersetzte Cam. »Sie meint … Cade, habe ich Recht?«, fragte sie Bree, ohne Alex' Hand loszulassen.
»Bree behauptet, dass der Junge in Leder Knete ohne Ende hat«, ließ Dylan die Katze nun aus dem Sack. »Seine Alten haben die krasse Villa oben in den Heights gekauft …«
»Na, dir erzähle ich noch mal was, du machst mir ja alles kaputt!« Nun schmollte Bree wirklich. »Bevor Dylan auch noch das Allerbeste ausplaudern kann … Ratet mal, warum heute die Polizei an der Schule war?«
»Wegen Eddie Robins, dem Fiesling?«, fragte Alex.
»Ich denke, es hatte irgendwas mit Cade zu tun«, sagte Cam nachdenklich. »Vielleicht auch mit beiden …«
»Psycho-Power funktioniert«, neckte Bree sie. »Anscheinend gab es den einen oder anderen E und D in der Villa Richman …«
»E und D? Wofür steht das wohl?«, fragte Dylan verschmitzt. »Für Eddie und du? Doch wohl eher nicht, oder?«
Alex und Cam sahen sich an. Ob ihr kleiner Bruder wohl langsam seine eigene Psycho-Power entdeckte, fragte sich Cam. Aber im Ernst: Was hatte Dylan für eine Ahnung? Und, noch wichtiger: Woher hatte Eddie Robins gewusst, dass Cade in der Villa wohnte, wenn es sonst niemand aus der Schule gerafft hatte – woher auch, so wie der Neue sich gab und kleidete. *Kennen die sich etwa?*
Gute Frage, stimmte Alex zu, die sich in die Gedanken ihrer Doppelgängerin eingeklickt hatte und feststellte, dass sie mit ihren eigenen identisch waren. »Vielleicht sollten wir ihn fragen«, sagte sie laut.

Cams Hand wanderte zu ihrem Hals. Das Sonnen-Amulett war warm. Die Berührung rief ein leises Summen in ihren Fingerkuppen hervor. So hatte es sich noch nie angefühlt.

Andererseits hatte es sich auch noch nie von selbst bewegt, wie es gerade eben geschehen war, hatte noch nie seine zweite Hälfte gesucht und gefunden.

Sie warf einen Blick auf Alex und bemerkte verwundert, dass ihre Zwillingsschwester genau die gleiche Geste gemacht, die Finger leicht auf ihr Mond-Amulett gelegt hatte.

Cam sah nur noch verschwommen. Die leichte Spannung, die sie in ihren Fingerkuppen verspürt hatte, schwoll zu einer Woge der Energie an, die durch ihre verschränkten Hände strömte. Cam wurde schwindelig. Wieder hörte sie quietschende Reifen, kreischendes Gelächter und dann einen Aufprall, der ihr das Blut in den Adern stocken ließ.

»Autsch!« Alex wand sich aus Cams mit einem Mal harten Griff. »Was ist denn mit dir los? Ich hab ja nichts dagegen, dass wir die Angelegenheit in die Hand nehmen, aber das geht zu weit!«

»Ich habe es wiedergesehen«, flüsterte Cam.

»Ich weiß«, erwiderte Alex leise. »Ich habe es gehört. Den Unfall. Und dann den Schrei …«

Dylan beobachtete sie und versuchte zu verstehen, worüber sie sich unterhielten. Auch Bree hinkte etwas hinterher und hatte keine Ahnung, was jetzt in den Köpfen der Zwillingsschwestern vorging. »Ihn fragen?«, rief sie empört aus. »Ihr glaubt doch wohl nicht etwa, dass der Glatzkopf und ich irgendwas gemeinsam haben?«

Es dauerte ein paar Sekunden, bevor Cam und Alex begriffen, dass sie Eddie meinte.

»E und D heißt so viel wie Einbruch und Diebstahl«, erklärte

Brianna. »So wie: Irgendjemand ist in Cades Casa eingebrochen und hat haufenweise Scheinchen mitgehen lassen.«
»Geld«, bestätigte Cam. »Viel, viel Geld.«

Eddie fragen. Herausfinden, warum er Cade den »reichen Richie« nannte und woher er wusste, dass sein Vater so viel Kohle verdiente.
Das war ihr Auftrag.
Außerdem war es gut, Bree und Dylan gegenüber nicht über das reden zu müssen, was gerade passiert war, bevor die beiden aufkreuzten.
Auch war es so, dass Alex im Augenblick nicht über ihre seltsamen Ketten und die gespenstischen Stimmen nachdenken wollte, die sie beide gehört hatten. Vielleicht hatte Cam Recht. Vielleicht waren es wirklich die Stimmen ihrer »Eltern«. Aber Alex war einfach noch nicht bereit, sich damit auseinanderzusetzen. Sie wollte einfach nicht herausfinden, dass die Mutter, die sie geliebt und verloren hatte, ebenso unehrlich gewesen war wie Emily und Dave.
Cam war genauso bereit, das heikle Thema fallen zu lassen. Vorläufig.
Ihrer Ahnung folgend, dass Mrs Bass, die Bibliothekarin von Crow Creek, mehr über Alex' Mutter und ihren verschwundenen Vater wusste als Alex selbst, wartete Cam, bis Alex eingeschlafen war und schrieb dann eine Mail nach Montana, in der sie um Hilfe bat. Bis die Antwort eintraf, würde sie einem Streit zum Thema Eltern mit Alex liebend gerne aus dem Weg gehen.
Beide waren also erleichtert, dass sie sich auf die verwirrte Eddie-Cade-Geschichte konzentrieren konnten. Doch der

Rowdy erschien am nächsten Tag nicht in der Schule. Erst Freitag bekamen sie Gelegenheit, mit ihm zu reden.

Die Marble Bay Highschool summte noch immer von Vermutungen darüber, was die Polizei Anfang der Woche in der Schule zu suchen gehabt hatte. Es gab milde und heiße Theorien und alles dazwischen.

Bree lag mit ihrer brandheißen Neuigkeit natürlich ganz vorne. Ihre Zusammenfassung der geheimnisvollen Einbrüche im »Schloss« von Cade Richman zog eine wahre Herde von Gerüchte-Groupies an.

Cam und Alex schoben sich auf dem Weg zu ihren Schließfächern an Brees Zuhörern vorbei und entdeckten Eddie Robins, der durch den Gang stapfte. Allein. Geistesabwesend beförderte der Typ jeden, der ihm im Weg stand, mit den Ellenbogen zur Seite. Cam hatte ihn noch nie so grimmig und gestresst erlebt.

»Was für ein Glücksfall. Da ist er ja.« Alex stopfte ihre Sportklamotten, ihr Bioprojekt und ihr Mathebuch in das Schließfach.

»Vielleicht sollten wir ihn jetzt besser nicht ansprechen«, schlug Cam vor. »Er sieht nicht gerade so aus, als wollte er uns sein Herz ausschütten.«

»Wir fragen ihn nur, woher er wusste, dass Cade reich ist. Nur eine kleine Frage …«

Langsam kam er auf sie zu.

»Hey, Leute. Wie läuft's denn so?« Dylan stiefelte mit seiner schluffigen Clique vorbei und gesellte sich zu ihnen. Seine Freunde trugen allesamt sackartige Jeans, XL-T-Shirts und riesige Basketballstiefel, die nicht zugebunden waren. Außerdem hatten alle irgendwelche Ringe in den Ohren, den Augenbrauen, der Nase, der Lippe, der Zunge, und ihre Haare leuch-

teten in allen Farben des Regenbogens – allerdings waren nur Dylans von neonblauen Streifen durchzogen.
Aus irgendeinem Grund bemerkte Eddie das und schien sich davon herausgefordert zu fühlen. »Dyl-Gurke«, rief er, sobald der Rest der Clique hinter einer Ecke verschwunden war. »Wer hat dir denn auf den Kopf gekotzt?«
Dylan machte einen Schritt auf ihn zu. Cam blickte zu Boden und seufzte. Alex schüttelte den Kopf über Eddie und sagte bedauernd: »Was machst du bloß mit deinen ganzen Gehirnzellen?«
»Hä?«, erwiderte der Koloss und seine Brauen senkten sich noch tiefer über seine kleinen Schweinsäuglein. »Passt dir was nicht, Doppel-Gesicht?« Freudig überrascht von diesem plötzlichen Anfall von Schlagfertigkeit lachte er hölzern.
Alex und Cam verdrehten gleichzeitig die Augen.
»Hey, blaue Periode von Pistazie …«, sprach Eddie Alex an.
»Pistazie?«, wiederholte Cam verblüfft.
»Er meint Picasso«, übersetzte Dylan.
Eddie schenkte ihm keine Beachtung und fuhr stattdessen fort, Alex zu verhöhnen: »Wo ist denn dieser abartig hässliche Totenkopf, den du sonst immer umhattest?« Er stierte auf Alex' Kette. »Wo hast du denn das dämliche Teil jetzt her?«
Unwillkürlich berührte Alex ihr Halbmond-Amulett. Es schien sich wieder aufzuheizen. Cams Hand schnellte zu ihrem Sonnen-Anhänger. Eddie bemerkte die Bewegung. Seine Augen funkelten niederträchtig, als er mit einer raschen Bewegung nach Cams Kette griff.
Sie wirbelte herum, sodass das Amulett nur für Sekundenbruchteile in seiner Faust war. Eddie schrie vor Schmerz auf, als sich Brandblasen in den Handflächen bildeten.
»Mann, das ist ja …!«, schluckte Dylan.

Klasse, Feuer-Mädchen, gratulierte Alex Cam im Stillen. *Du hast dem Schwein ja richtig eingeheizt.*

Puh. Hervorragend gehext, Als!, sagte Cam im selben Moment. *Den Spruch musst du mir unbedingt beibringen.*

»Wie bitte«, sagten sie gleichzeitig. »Soll das heißen, dass du nicht …?« Beide sprachen nicht weiter und starrten die Kette der jeweils anderen an.

Die Amulette, vermutete Cam. *Meins heizt sich gerade wieder auf. Wie steht's mit deinem?*

Köchelt, bestätigte Alex. Liegt das daran, dass wir sie beide gleichzeitig tragen?

Cam kam nicht dazu, ihr zu antworten. Eddie machte einen Satz auf sie zu.

Dylan sprang mit geballter Faust dazwischen. Doch bevor sie miteinander in Berührung kamen, brach Eddie plötzlich in einen zuckenden Tanz aus. Wie wild schlugen die Beine des Jungen aus und verdrehten sich unnatürlich. »Ich verbrenne!«, schrie er. Seine Arme beschrieben seltsame Kreise in der Luft, als versuchte er, nicht hintenüber zu fallen.

»Mann, ich hab ihn doch kaum berührt«, erklärte Dylan einer Gruppe von Kids, die den Tumult gehört hatten und denen vor Staunen fast die Augen aus dem Kopf fielen.

»Herr im Himmel!« Während sie noch immer das überhitzte Amulett umklammerte, flüsterte Cam: »Alex, du wirst es nicht glauben. Das war ich! Ich meine, irgendwie wollte ich, dass das so passiert.«

»Das glaube ich sofort. Schade, dass er gerade keinen Ball in der Hand hielt«, überlegte Alex und dachte sehnsüchtig an den Tag, an dem sie es fertig gebracht hatte, dass eine großmäulige Klassenkameradin sich selbst mit einem Basketball direkt vors Kinn gehauen hatte. Damals hatte Alex ihre Fähigkeit entdeckt,

Dinge durch die bloße Kraft ihrer Gedanken zu bewegen. Nun trommelte sie mit ihren abgekauten Fingernägeln leicht gegen ihr Halbmond-Amulett und lächelte dann, als aus dem Nichts heraus ein Bild von Eddie in ihr aufstieg, der hilflos auf dem Rücken lag.

Nur wenig später klatschte er wie ein nasser Mehlsack auf das grüne Linoleum im Gang. Leise Ausrufe des Erstaunens und unterdrücktes Lachen liefen wie eine Welle durch die versammelten Zuschauer.

»Ich war's nicht.« Dylan suchte in der Menge nach Zeugen, während Alex und Cam sich neben den um sich schlagenden Rowdy auf den Boden hockten.

»Fasst mich nicht an.« Eddie wand sich. »Was seid ihr eigentlich? Hexen?«

Alex lachte. »Vielleicht. Wenn ja, dann bedeutet es, dass wir dich aus dieser misslichen Lage befreien können – aber du musst uns dafür auch etwas geben.«

»Das ist nicht fair«, schrie Eddie, während sein Körper langsam weniger zuckte. »Ich hab keine Kohle.«

»Okay, dann beantworte uns einfach eine Frage. Woher wusstest du, dass Cades Familie reich ist?«

»Mein Alter ist Gärtner. Er arbeitet oben in den Heights, bei den Richmans. Im Sommer war ich ein paar Mal mit, um ihm zu helfen. Die haben echt Geld, aber ich würde trotzdem nicht mit ihnen tauschen wollen«, behauptete er keuchend. »Cades Schwester … die ist total am Ende, schluckt haufenweise Beruhigungsmittel und heult die ganze Zeit rum. Eigentlich sollte sie den Sommer über irgendwo in einen Kurs gehen, aber sie kam früher zurück als geplant. Nervenzusammenbruch oder so was …«

»Oh nein. Nicht schon wieder. Nicht gerade jetzt.« Cams Augen begannen zu tränen. Sie presste die Hand gegen ihre pochenden Schläfen.

Einen Augenblick später flüsterte Alex: »Ich weiß. Das Auto. Der Unfall. Ich hab's auch wieder gehört.«

Eddie versuchte, sich aufzusetzen. Es gelang ihm nicht. »Das war's. Mehr weiß ich nicht«, sagte er leise, damit die anderen ihn nicht hören konnten. »Ist mir egal, was ihr seid, ob Hexen oder nicht. Ich hab euch erzählt, was ihr hören wolltet. Jetzt lasst mich auch gehen!«

Alex und Cam warfen sich einen unsicheren Blick zu.

»Das kann nicht euer Ernst sein!« Eddie verfiel in Panik. »Erst verwandelt ihr mich in ein menschliches Knäuel und jetzt wisst ihr nicht, wie ihr mich wieder hingebogen kriegt?«

»Du bist ja doch nicht so schwer von Begriff, wie ich dachte«, erwiderte Alex.

Kapitel 10

FESTNAHME IN DER SCHULE

Mit einem Mal zerstreute sich die Zuschauermenge. Die Schüler gingen ihrer Wege. »Na schön, Jungs und Mädels, jetzt gehen wir mal wieder alle in unsere Klassenzimmer. Wir wollen doch nicht zu spät kommen, oder?« Alex erkannte die nervende, schrille Stimme von Mr Shnorer. »Was ist denn hier los, Leute?«

»Nichts«, platzte Dylan heraus. »Überhaupt nichts …«

»Barnes? Du schon wieder?«

Eddie befürchtete neue »Hexereien«, wenn er Cam und Alex verpetzte, und deutete mit seinem Kinn – einem der wenigen Körperteile, die er noch bewegen konnte – auf Cams Bruder. »Er hat mich umgehauen!«, brüllte er.

»Ach Quatsch!« Noch bevor sie das Mädchen sehen konnten, erkannten Alex und Cam Madisons quietschende Stimme. »Na klar, als ob Camryn Barnes' Bruder dich überhaupt angefasst hätte. Du bist ein elender Lügner.«

Madison, das zierliche Mädchen, bahnte sich einen Weg durch die Menge. »Oh wow. Ich meine, wie lang soll deine Nase denn noch werden? Mr Shnorer, das ist der Typ, der gestern versucht hat, meine Brieftasche zu stehlen.«

»Du da. Steh auf«, befahl Shnorer Eddie.

»Ich kann nicht!«, wütete der Junge.

»Angsthase, Pfeffernase, morgen kommt der Osterhase«, sang Madison. Sie trug einen weichen weißen Pullover und ähnelte damit ziemlich stark einem Meerschweinchen.

»Halt die Klappe! Hast du keine Augen im Kopf, oder was? Guck doch mal hin.« Eddie deutete auf seine Beine – und bemerkte im gleichen Moment wie Alex und Cam, dass er seine Arme wieder koordinieren konnte. Er sah zu seinen Füßen hinunter. Sie waren noch immer so verdreht, dass er eine prima Zirkusattraktion abgegeben hätte.

Aber er konnte mit den Zehen wackeln. Und kurz danach seine Knöchel bewegen. Und schließlich die Beine wieder gerade strecken. »Danke«, flüsterte er Alex und Cam zu und stand so schnell wie möglich auf.

Die Zwillinge blickten sich an, verdattert.

Keine von beiden hatte den Jungen befreit. Sie sahen sich misstrauisch um – Alex beobachtete Mr Shnorer, der Eddie und Dylan zum Büro der Schulleiterin zerrte, und Cam blickte auf Madison, die in ein triumphierendes Grinsen ausgebrochen war.

Es klingelte und plötzlich stoben die Schüler in alle Richtungen.

»Ich versuch mal, Dylan da wieder rauszuhauen«, erklärte Cam Alex. »Wir … sehen uns später.«

»Alles klar«, bestätigte Alex und machte sich auf den Weg. »Alexandra, Alexandra!« Madison eilte ihr nach. »Gehst du heute Nachmittag zum Eignungstest für die Sport-AGs?«

»Wohl nicht«, erwiderte Alex abweisend, bog dann um die Ecke und prallte mit Cade zusammen.

»Du hast den Fitness-Test wohl mit fliegenden Fahnen bestanden.« Mit ausgestreckten Armen hielt er sie fest und lachte.

»Was?« Etwas Originelleres fiel Alex nicht ein.

»Du weißt schon. Man muss in die Turnhalle und sie checken, was für eine Kondition man hat«, erklärte der dunkelhaarige Traumprinz. »Sie testen, wie schnell und wie lange man es auf dem Laufband durchhält, bevor man zusammenklappt. Messen den Blutdruck. Ich muss heute hin, in der letzten Stunde.«

»Oh.« Sie kam wieder zu sich, so weit wie möglich, wenn man Cades Nähe in Betracht zog und den köstlichen Duft von Seife und altem Leder, der von ihm ausging. »Cam und ich waren gestern da …«

»War sicher kein Thema für dich«, zog er sie auf.

»Oh bitte, Alexandra. Sag Ja. Bitte, bitte, bitte.« Madison war ihr nachgegangen, sie ließ nicht locker. »Ich will zum Volleyball«, quietschte sie und sah zu Cade hinauf. »Aber es gibt auch Basketball, Baseball, Fußball …«

»Cam spielt Fußball«, sagte Alex.

»Dann komm doch mit mir zum Volleyball! Bitte, bitte, bitte. Ich werde deine allerbeste Freundin sein.«

»Das ist natürlich ein verlockendes Angebot, aber …«, setzte Alex an.

»Das wäre cool«, unterbrach Cade sie. »Dann würden wir uns da sehen. Ich meine, wenn du zum Eignungstest für Volleyball gehst und ich die Fitness-Prüfung habe. Wir sehen uns dann dort, okay?«

»Abgemacht«, bestätigte Alex.

»Hurra!«, kreischte Madison und hüpfte begeistert zwischen ihnen auf und ab.

Der Rest des Tages verlief für Alex quälend langsam. Dylan erschien zum Englischunterricht. Zum Glück war Mrs Hammond vormittags nicht im Hause, sodass Eddie und er erst später am Tag zu ihr mussten. In der Zwischenzeit hoffte Dylan genug Kids zusammengetrommelt zu haben, die alles mit angesehen hatten und beweisen konnten, dass er sich nichts hatte zuschulden kommen lassen.

Während des Unterrichts beobachtete Alex Mr Shnorer und versuchte so angestrengt, seine Gedanken zu lesen, dass sie anschließend unglaubliche Kopfschmerzen hatte. Doch alles, was sie dem Lehrer entlocken konnte, war ein Haufen Fragen wie: *Was mache ich hier eigentlich?* und *Warum gerade ich?* Wenn ein Schüler eine falsche Antwort gab, tobte er im Stillen: *Denk doch mal nach, du kleine Kröte! Das ist eine Metapher, du Idiot, eine Metapher!*

Einmal erwischte ihn Alex dabei, wie er sie anstarrte und dabei beschloss: *Die da bedeutet Ärger.* Doch nichts von all dem half ihr herauszufinden, ob dieser Depp Thantos' böser Bote war. Sicherlich nicht, wenn sie sich von ihm angezogen fühlen sollte.

Madison wartete vor dem Raum, in dem Alex in der letzten Stunde Mathe gehabt hatte. »Hach, ich bin total durch den Wind. Du nicht auch?«, brach es aus dem Mädchen heraus, das für jeden von Alex' Schritten drei kleinere machte und trotzdem kaum mit ihr Schritt halten konnte. »Wir werden das ganze Halbjahr über in derselben Mannschaft sein. Und mit deiner Psycho-Power gewinnen wir bestimmt jedes Spiel. Und wenn du mir beibringst, wie man das macht, dann könnte ich dich … na ja, irgendwie Psycho-Power-mäßig vertreten halt, wenn du mal krank wirst oder so. Dann würde Marble Bay überhaupt niemals mehr verlieren und alle würden wissen, wie gut ich mit den Zwillingen befreundet bin.«

 »Psycho-Power ist Cams Spezialität.« Alex schaffte es gerade, einen Satz dazwischenzukriegen, und entdeckte dann Cam und Beth, die ihnen entgegenkamen.

»Camryn! Camryn!«, rief Madison, als hätte sie gerade eine seit Jahren verschollene beste Freundin wiedergefunden.
Cam warf Alex einen fragenden Blick zu. Alex zuckte mit den Schultern. »Gehst du wieder in die Fußballmannschaft?«, fragte sie ihre Schwester.
»Scheint so«, antwortete Cam ausweichend.
»Sie klettert wieder in den Sattel«, neckte Beth.
»Sattel? Aaach, du meinst, dass Camryn wieder mit Fußballspielen anfängt, obwohl sie in der letzten Saison diesen Aussetzer hatte und schuld daran war, dass Marble Bay die Meisterschaft nicht gewonnen hat. Ich hab davon gehört.« Madison legte mitleidig eine Hand auf ihr Herz. »Der totale Blackout, Psycho-Power-mäßig gesehen, oder? Einfach voll schlapp gemacht. Mit Pauken und Trompeten versagt. Sozusagen alles in den Sand gesetzt …«
Alex bemerkte, dass sich auf Cams ebenmäßiger Gesichtshaut langsam rote Flecken bildeten und ihre grauen Augen rauchten. Nicht mehr lange und Madison würde sich die Zunge verbrennen. Wörtlich.
»Wie funktioniert das eigentlich mit dieser Psycho-Power?«, schwatzte sie weiter. »Ich meine, kannst du das einfach so anstellen, wenn du es brauchst? Nein, offenbar nicht. Das würde ja sonst bedeuten, dass du das Spiel mit Absicht verloren hast. Wahrscheinlich ist das … tja, was eigentlich? … wahrscheinlich hast du da nicht so die Kontrolle drüber, hab ich Recht?«
Beth starrte die Neue voller Entsetzen an. »Du solltest vielleicht mal zum Orthopäden deines Vertrauens gehen«, riet sie ihr, »und ihn fragen, ob man nicht gegen die ganzen Fettnäpfchen an deinen Füßen etwas unternehmen kann.«
»Das war nett«, sagte Cam zu Alex. »Müssen wir unbedingt noch mal machen.«

Wenn es nicht so nervtötend gewesen wäre, hätte es vielleicht ganz lustig sein können.
Da drüben auf der Zuschauertribüne saß Cade und wartete darauf, dass man ihn zu seinem Fitnesstest rufen würde. Er strahlte Alex an. Jedes Mal, wenn sie einen Ball über das Netz beförderte, winkte er ihr bewundernd zu.
Und auf der anderen Seite des Netzes stand Madison, zwitscherte pausenlos in ihrer durchdringenden, atemlosen Art. In der Umkleidekabine hatte sie Alex' Halbmond-Amulett gesehen. Jetzt war sie voller Fragen:
Wo hatte Alex denn dieses umwerfende Schmuckstück her? Und was hatte sie mit diesem punkigen Totenkopf gemacht, den sie gestern getragen hatte? Irgendwie hatte Cam doch genauso eine Kette – na ja, fast genauso, oder? Wie cool – Zwillinge mit identischen Amuletten. Hatten die Teile irgendeine besondere Bedeutung? Hatten sie irgendwas mit Cams Psycho-Power zu tun? Was hieß das überhaupt so richtig, Psycho-Power?
»Ich meine«, beharrte die kleine, aber überraschend starke Spielerin, »hat deine Power irgendwas Magisches? So richtiges Hexenzeugs oder nur, du weißt schon, so ein Gefühl?«
Alex wünschte, Madison würde die Klappe halten.
Pech gehabt.
»Glaubst du, dass diese Psycho-Power auch für Volleyball funktioniert? Oder geht das nur beim Fußball?«
Der Ball kam jetzt zu Alex.
Sie gab ihn an ein Mädchen weiter, die neben ihr am Netz stand.

Die ihn mit voller Wucht auf die andere Seite schmetterte.
Mitten auf Madisons Kopf.
Treffer versenkt.

Madisons Beine verwandelten sich in Gummi. Ihre dunklen Augen verdrehten sich. Sie sank zu Boden.

Oh nein, dachte Alex. *Das wollte ich doch gar nicht.*

Oh doch, widersprach die wütende Stimme eines Mannes.

Alex starrte das Mädchen an, das vor ihr lag. Durch das Echo in der großen Turnhalle erschien es ihr, als sei die Anschuldigung von Madison gekommen – die mit gerunzelter Stirn zu ihr aufblickte und außerordentlich verärgert wirkte. Die anderen Spieler auf Madisons Seite eilten ihr zu Hilfe.

Alex sah zur Tribüne hinüber, doch Cade war verschwunden. Auch sonst saß dort niemand, der ihr die Worte vielleicht zugerufen haben könnte. Sie blickte sich suchend um. Dann sah sie ihn endlich: Er hatte dem Volleyballfeld den Rücken zugewandt und wartete am Tisch des Trainers darauf, ein Formular für seinen Fitnesstest auszufüllen.

Alex duckte sich unter dem Netz hindurch und streckte Madison die Hand hin, um ihr zu helfen, doch das Mädchen lehnte ab. Ein paar Augenblicke später, als sie sich offenbar wieder etwas stärker auf den Beinen fühlte, erhob sie sich und lehnte sich gegen Alex, um wieder Halt zu finden.

Ein Summen entstand. Das seltsame elektrische Prickeln, das Alex beim ersten Mal verspürt hatte, als sie Docs Ärmel gestreift hatte. Sie beobachtete Madison aufmerksam und rechnete beinahe damit, dass unter den geröteten Gesichtszügen des Mädchens Docs knochiges weißes Gesicht lauerte.

»Hast du das gemerkt?«, erkundigte sich die kleine Madison.

»Was?«, fragte Alex herausfordernd.

»Diesen Stromschlag. Das geht schon den ganzen Tag so. Dieses neue Shampoo, was ich benutze, und der dämliche Pullover laden mich irgendwie total elektrisch auf.«

Alex war ein bisschen enttäuscht.

Das zweite der drei Eignungsspiele für die Volleyballmannschaft näherte sich gerade dem Ende, als Dylan in die Halle gerannt kam. Er entdeckte Alex, ging ungeduldig am Spielfeldrand auf und ab, bis das Spiel vorbei war und rannte dann auf sie zu. »Die Polizei war gerade da und hat Eddie mitgenommen. Sie glauben, dass er es war.«

»Dass er was war?« Alex warf einen Blick zur Tribüne. Cade saß wieder dort. Er winkte ihr zu.

»Na ja, dass er diese Einbruch-und-Diebstahl-Geschichte gemacht hat. Die Richmans beklaut hat …«

»Oh wow!« Sofort war Madison an Alex' Seite. »Ihr redet von Cades Haus …« Die Tür zur Sporthalle wurde aufgestoßen. »Hi! Hi, Camryn. Camryn, weißt du schon das Neueste?«, kreischte die überdrehte Madison schrill, als Cam mit Beth im Schlepptau hereintrat.

»Sie glauben, dass Eddie hinter der Einbruch-Serie in der Villa steckt«, erklärte Alex ihrer Zwillingsschwester.

Cam schien sich über die Nachricht zu freuen. Wieso bloß? »Beth hat es mir schon erzählt«, gestand sie.

»Was ist denn mit dir los?«, erkundigte sich Alex. »Wenn ich dir jetzt mitteilen würde, dass sie ihm lebenslänglich geben … würdest du dann in Gelächter ausbrechen?«

»Nein. Es ist nur … Ich hab eine E-Mail gekriegt, auf die ich gewartet hatte.« Sie sagte nicht, wagte nicht einmal zu denken: *von Doris Bass, die mir versprochen hat, mir so gut zu helfen, wie sie kann.* Die Bibliothekarin hatte Cam vorgeschlagen, ihr eine Liste mit Fragen zu schicken. Was Cam auch unverzüglich getan hatte.

»Eine E-Mail? So kann man auch mit kleinen Sachen Camryn eine Freude machen …«, bemerkte Alex.

»Ich war gerade im Sekretariat«, mischte Beth sich ein. »Wegen meines Stundenplans. Da konnte ich hören, wie sich die Polizisten und Mrs Hammond unterhalten haben. Es waren dieselben Bullen, die schon mal hier waren. Sie haben Fußabdrücke gefunden, die mit Eddies übereinstimmen, Tennisschuh-Spuren im Inneren des Hauses …«

»Mehr als abgefahren«, sagte Dylan. »Eddie ist irgendwie total ausgerastet. Er hat rumgebrüllt und sie gewarnt, dass sie bloß nicht seinen Dad da mit reinziehen sollen! Er hat völlig die Beherrschung verloren. Die Bullen beschimpft und alles. Er sagt, dass er sie vor Gericht bringen will, weil er mit den Einbrüchen nichts zu tun hat …«

»Hat er auch nicht«, sagte Cam sehr leise.

Niemand außer Alex schien sie zu hören. Als diese gerade nachfragen wollte, ob Cam wieder eine ihrer Vorahnungen hatte, kam Cade herübergeschlendert.

»Hi, was geht denn hier ab?«, fragte er.

»Haaach, weißt du das denn noch gar nicht? Dein Haus. Die Einbrüche und so. Das war Eddie Robins.« Madisons Augen funkelten vor Aufregung. »Nur dass Cam nicht so richtig daran glaubt, stimmt's, Camryn?«

Alle wandten sich Cam zu, außer Alex, die stattdessen Madisons kleines Nagetier-Gesicht betrachtete.

»Stimmt das? Du glaubst nicht, dass es Eddie war?«, fragte Dylan seine Schwester.

»Warum denn nicht?«, wollte Beth wissen. »Ich meine, ich habe dir doch erzählt, was die Polizei gesagt hat. Wie kommt's, dass du ihnen nicht glaubst?«

Cam starrte Madison merkwürdig an. »Woher weißt du, was ich denke?«, fragte sie.

Madison zuckte mit den Schultern. »Ich habe dich gehört«, behauptete sie. »Ich hab doch Recht, oder?«

»Cami«, nölte Beth. »Woher weißt du das?«
»Weil er keinen Führerschein hat«, platzte es unwillkürlich aus Cam heraus.
»Trugschluss-Alarm! Erde an Camryn. Bitte melden. Wovon redet sie eigentlich, Als?«, sagte Dylan und lachte.
Alex hatte die Augen halb geschlossen und den Kopf leicht in den Nacken gelegt, als lauschte sie konzentriert. »Der Autounfall«, flüsterte sie, scheinbar ohne Zusammenhang. »Ein Kind. Ein kleiner Junge, glaube ich …«
»Entschuldigung, aber ist das jetzt wieder nur was für Insider?«, versuchte Beth zu scherzen. Es klappte nicht so ganz. Wieder einmal fühlte sie sich ausgeschlossen.
Cade packte Alex an den Schultern. »Wovon redest du?«, fragte er. »Was für ein Autounfall? Und was für ein Kind?« Dann, merkwürdig berührt, ließ er sie wieder los.
Madison fing nun an, auch Cade von Eddies Verhaftung zu erzählen.
»Du scheinst ja nicht gerade begeistert davon zu sein, dass man den rätselhaften Einbrecher endlich geschnappt hat«, bemerkte Cam.
»Ich … ich hätte nie damit gerechnet«, erwiderte Cade vorsichtig. »Wen schnappen die Bullen heutzutage schon?«, hängte er noch dran. *Alles läuft schief.*
»Was läuft schief?«, fragte Alex.
Cade starrte sie an. »Nichts. Wovon redest du?«
»Hast du nicht gerade gesagt …«
Cam wusste, was geschehen war. Sie räusperte sich laut und starrte ihre Zwillingsschwester bedeutungsvoll an. Und Alex wurde klar, dass sie endlich den Durchbruch geschafft hatte. Sie hatte Cades Gedanken gelesen.

Kapitel 11

DER KLIENT

»Klar ist er es, den Thantos geschickt hat«, sagte Cam, als sie ihre Räder die Einfahrt hinaufschoben.

»Unmöglich«, beharrte Alex. »Wenn überhaupt, dann ist sie es. So wie sie sich verhält. Irgendetwas stimmt nicht mit ihr.«

»Du willst es doch nur nicht glauben, weil du in ihn verknallt bist.« Cam folgte Alex in die Garage.

»Na sicher, weil ich so oberflächlich bin und du so unheimlich tiefgründig. Wohl kaum.«

Etwas bewegte sich plötzlich im hinteren Teil der Garage und Alex erschrak. Da sie gerade aus dem Sonnenlicht in den Schatten getreten war, konnte sie nicht erkennen, was sich dort verbarg. Doch sie meinte, von Ferne eine vertraute Stimme zu vernehmen, alt und knarzend. Sie bekam eine prickelnde Gänsehaut im Nacken. »Doc?«, flüsterte sie.

»Und wieder daneben.« Cams Augen, die so scharf waren wie Alex' Gehör, sahen noch besser, seit sie beide die Amulett-Ketten trugen. »Es ist nur Dylan«, berichtete sie schadenfroh.

Er saß im Dunkeln in einem alten Sessel, den Dave bei Gelegenheit reparieren wollte. »Nur Dylan?«, grummelte er, stand auf und entfaltete das Stück Papier, das er in der Hand hielt. »Vielen Dank. Das baut mich echt auf. Mom ist gerade vollkommen ausgerastet. Ich hab schon wieder so einen Wisch von der Hammond gekriegt, den sie unterschreiben sollte. Mr Shnorer sei Dank.«

»Warum bist du damit nicht zu Dad gegangen?«, fragte Cam. »Das ist doch bei so was immer besser …«

»Weil der in seinem Arbeitszimmer sitzt und auf gar keinen Fall gestört werden darf«, erwiderte Dylan. »Irgendein wahnsinnig wichtiger Klient ist bei ihm …«

»Na, toll«, sagte Cam, als sie ins Haus ging. »Hättest du nicht bis Sonntagabend warten können? Ich hatte eigentlich auf ein halbwegs anständiges Wochenende gehofft.«

»Du?« Alex folgte ihrer Zwillingsschwester. »Cade will mich morgen anrufen. Hat er zumindest mal angedeutet. Der Typ ist so megacool, wie du dich wahrscheinlich ausdrücken würdest.«

»Megacool oder monstermäßig?«, tadelte Cam sie und trat in den Hausflur. »Falls er dir eine Nachricht überbringt: Denk dran, sie mir auch mitzuteilen.« Sie stieg die Treppe hinauf.

»Das könnte dir so passen«, rief Alex ihr nach. »Ich werde absolut gar nichts, was mit Cade Richman zusammenhängt, in irgendeiner Form mit dir teilen.«

»Himmel, Cam!« Emily war gerade auf dem Weg nach unten. »Wieso hast du es denn so eilig?«

»Hi, Mom. Muss mal nach meinen E-Mails sehen. Gwd«, versprach Cam.

Emily schüttelte den Kopf.

»Gleich wieder da«, übersetzte Alex für sie.

»Aha«, erwiderte Emily steif.

»Na dann.« Alex verdrehte die Augen. »Ich fürchte, du glaubst, dass es meine Schuld ist, dass Dylan schon wieder Mist gebaut hat.«

Genau das war natürlich der Fall. So deutlich, als brüllte Emily sie an, konnte Alex ihre Gedanken hören. Emily war völlig bewusst, dass sie sich wahrscheinlich unfair verhielt, *aber dieses seltsame Mädchen* – Alex sträubten sich bei dieser Formulierung die Nackenhaare – die hier eingedrungen war, die ihrer Tochter äußerlich so vollkommen glich, während sie in ihrem Wesen *so völlig anders ist als Cam, so aufmüpfig und unbequem und …*

Emily wurde bewusst, dass Alex sie beobachtete. Und ihr innerer Monolog veränderte sich.

Hinter dem trotzigen Verhalten, hörte Alex sie nun, *liegt offenbar Trauer.* Ha!, dachte Alex. *Trauer, Einsamkeit und Leid.*

Alex hatte die Nase voll. Das Telefon in der Küche klingelte. Sie rannte hin und nahm den Hörer ab. Als Emily schließlich auch dazutrat, saß sie auf der Arbeitsplatte – *Jeder normale Mensch hätte sich doch wohl einen Stuhl genommen …* – und wickelte das Telefonkabel um ihre Finger.

Mit einem Mal grinste sie Emily an und zwinkerte dann, sodass Emilys letzte Vorbehalte dahinschmolzen.

»Wer war das denn?«, erkundigte sie sich freundlich, nachdem Alex aufgelegt hatte.

»Cade!«, erwiderte Alex. »Ich kenne ihn aus der Schule. Er hat sich mit mir verabredet! Wir treffen uns morgen …«

Emily stieß einen tiefen Seufzer aus. »Ich fürchte, daraus wird nichts«, sagte sie. »Jedenfalls nicht, bevor ich ihn kennengelernt habe. Schließlich habe ich Verantwortung für …«

»Oh nein! Ich fasse es nicht!«, wütete Alex. »Das ist doch abartig. Du hast kein Recht, mir zu verbieten, ihn morgen zu sehen. Ich bin nicht deine Tochter! Du hast überhaupt keine Tochter!«

»Reiß dich zusammen, Alex. Das ist nicht okay.« Es war Dylan. Er stand in der Tür zur Küche.

»Sie ist unfair. Wetten, dass Dave mich gehen lassen würde?«

»Das möchte ich bezweifeln«, sagte Emily. »Dylan, wo ist deine Schwester? Würdest du sie wohl holen gehen?«, bat sie, um vielleicht mit Cams Hilfe den Streit schlichten zu können.

Dylan trat in den Flur hinaus und sah Cam die Treppe hinunterstürmen. »Wo warst du denn?«

»Im Netz«, erwiderte sie atemlos. »Wo ist Alex? Ich muss ihr was Wichtiges erzählen.«

»Das passt gerade gut«, sagte Dylan. »Sie ist da drin und liefert sich mit Mom ein Kämpfchen. Kein schöner Anblick.«

»Wir sollen wohl mit niemandem ausgehen, der kein barnesinternes Unbedenklichkeits-Zeugnis hat!«, brüllte Alex gerade, als Cam die Küche betrat.

»Alex, bitte, red nicht so mit meiner Mutter«, herrschte Cam sie an.

»Ach, jetzt ist sie also auf einmal doch deine Mom«, mischte Dylan sich ein. »Ich dachte, Alex' Mom sollte deine Mom sein, schon vergessen? …«

Cam warf Alex einen hilflosen Blick zu. *Als*, sagte sie im Stillen, *sie ist nicht deine Mom.*

»Das kannst du laut sagen«, schrie Alex. »Und das wird sie auch nie werden!«

Dave Barnes stieß mitten in die Auseinandersetzung. Seine dunklen Locken standen wild vom Kopf ab, wie sie es nur taten, wenn er sich nervös mit der Hand durch die Haare gefahren war. Mit einer ruckartigen Bewegung nahm er seine Brille ab und fragte: »Was geht hier vor sich?«

Emily wollte gerade antworten, aber Alex kam ihr zuvor. »Ich habe einen richtig netten Jungen kennengelernt und Emily will mich nicht mit ihm ausgehen lassen. Ich meine, nicht mal am helllichten Tage.«

»Wer ist es denn?« Dave legte den Arm um seine Frau. »Handelt es sich um jemanden, den du schon länger kennst, Cam?«

»Er ist neu an der Schule«, mischte Dylan sich ein. »Ist irgendwie ein Einzelgänger …«

»Dich habe ich nicht gefragt«, erwiderte sein Vater schroff.

»'tschuldigung! Normale Kids interessieren wohl momentan nicht, oder was?«

Cam und Alex betrachteten Dylans durchgeknallte Klamotten, seine sackartige Hose, den überdimensionierten Anorak, die dicken, nicht zugeschnürten Basketballstiefel, die zwei Ringe, die er in einem Ohrläppchen trug, sein blau gesträhntes blondes Haar, das er mit einer Ladung Schaumfestiger in eine absonderliche Form gebracht hatte. Sie brachen in Gelächter aus.

»Normaler Spinner.« Kochend vor Wut verließ Dylan den Raum.

»Irgendwie bin ich gar nicht überrascht, dass heute so was passiert ist«, überlegte Dave. Er gab Emily einen Kuss auf die Wange und bedeutete den Mädchen, dass sie ihm folgen sollten. »Ich möchte, dass ihr jemanden kennenlernt. Emily hat sich völlig richtig verhalten. Es war seine Anregung, dass ihr in nächster Zeit sehr genau überdenken solltet, mit wem ihr euch trefft.«

Ein dünner Mann mit einem schwarzen Filzhut saß in dem Sessel neben Daves Schreibtisch. Er hatte der Tür den Rücken zugekehrt.

»Eure Lordschaft«, sagte Dave. Langsam wandte sein Klient sich um. Er hatte seinen Hut tief in die Stirn gezogen und den-

noch hatte sein Gesicht etwas leuchtend Blasses an sich. Mit knochigen weißen Fingern nahm er den Hut ab.
Cam schnappte unwillkürlich nach Luft und griff nach Alex' Hand.
Seine Haare waren schneeweiß, wirr und schütter. Stellenweise schimmerte seine blassrosa Kopfhaut hindurch, glänzend wie Seide.
»Sie … Sie sind das *Monster von der Tribüne*«, sagte Cam.
»Cam«, schalt Dave.
Alex hauchte: »Doc.«
Er lächelte sie an und nickte.
»IEDZF, der alte Polizeibeamte«, stellte Cam fest.
»IEDZF?« Der alte Mann blickte fragend zu Dave hinüber.
»Ist es denn zu fassen«, übersetzte Alex. Dann stimmte sie Cam zu. »Der Partner dieser magischen Grauäugigen, stimmt's?«
»Nenn sie nicht magisch«, erwiderte der alte Mann mit seiner merkwürdig rauen Stimme. Er kicherte trocken. »Sie bevorzugt ›Göttin‹. Was mich betrifft … Ich habe nichts gegen ›Doc‹. Ist jedenfalls besser als *Monster von der Tribüne.*«
»Doc? Es gibt Sie wirklich, in echt? Ich dachte schon, ich hätte sie bloß geträumt.« Alex war verblüfft.
»Ich auch«, sagte Cam. »Ich habe ihn geträumt, oft sogar. Dad, was macht er hier? Kennst du ihn?«
Dave legte seinen Arm um Cams Schulter und presste sie an sich. »Schatz, dies ist der Mann, der deine Adoption in die Wege geleitet hat.«
Alex erbleichte. Das erklärte nun völlig zweifelsfrei, warum er sie hier abgesetzt hatte, dachte sie und zog ihre Hand aus Cams.
»Dann wissen Sie bestimmt, wer meine …«, sagte Cam gerade. »Ich meine, wer unsere wirkliche Mutter …«

»Alles zu seiner Zeit.« Der gebrechliche alte Mann hob die Hand, um Cams Frage abzuwehren. »Nennt mich wie ihr wollt, aber eigentlich heiße ich Karsh«, erklärte er. »Ist man schon an euch herangetreten?«

»Herangetreten?«, wiederholte Alex.

»Der Bote«, erläuterte Dave. »Den Thantos geschickt hat, um euch zu ihm zu locken.«

»Dad … Dave … du weißt darüber Bescheid?« Cam war schockiert. »Bist du denn … so wie wir?«

»Er hat dir diese vierzehn Jahre lang gedient und dich immer beschützt«, erinnerte Karsh sie. »Aber nein, Dave ist nicht genau wie ihr es seid. Er ist mehr so wie … wie Sara es war.«

»Meine Mutter?« Alex' Körper versteifte sich.

»Deine Beschützerin«, verbesserte Karsh sie sanft.

»Das wollte ich dir eben erzählen«, flüsterte Cam. »Sara war nicht unsere Mutter. Sie konnte keine Kinder bekommen …«

Alex drehte sich wirbelnd zu Cam um. »Woher willst du das wissen? Du hast doch keine Ahnung.«

»Ich … ich habe mich erkundigt. Mithilfe meines Computers. Ich hätte es dir noch erzählt, Als. Ich habe es gerade eben noch versucht. Aber du warst ja zu sehr damit beschäftigt, meine … meine Mom niederzumachen. Oder Emily oder wie auch immer ich sie jetzt nennen soll.« Sie wandte sich ihrem Vater zu. »Weiß Mom auch Bescheid – über uns, über den Boten?«

»Ja, Liebes«, sagte Dave und warf Karsh einen Blick zu.

»Ich hielt es für das Beste – eine vorbeugende Maßnahme«, erklärte Karsh Cam. »Für dich, für deine Schwester …« Der alte Mann hustete. Als er wieder sprach, war seine Stimme angespannt, noch immer rau und knarzend, aber kaum lauter als ein Flüstern. »Es gibt noch vieles, was ihr erfahren müsst, meine Kinder. Und nur weniges kann ich euch jetzt mitteilen.

Doch ich …« Seine dünnen Lippen verzogen sich zu einem Grinsen. »Ich will sehen, wie weit ich komme. Bleib, David. Es kann nicht schaden. Du hast deine Treue gegenüber Camryn unter Beweis gestellt – und gegenüber Alexandra.«

»Und es war mir eine Ehre«, sagte Dave. »Lord Karsh, alter Freund, weshalb habt Ihr mir damals nicht gesagt, dass es zwei waren? Zwillinge?«

»Vielleicht setzt ihr euch alle besser erst einmal«, schlug Karsh vor. Und sie nahmen seinen Rat an. Dave klaubte etliche Papierstapel von seinem alten braunen Ledersofa und sie platzierten sich darauf: Dave saß in der Mitte, Cam kuschelte sich an ihn und Alex lehnte sich auf der anderen Seite gegen die Armlehne, das Kinn in die Hand gestützt.

»Die Frage«, setzte Karsh an. »Die allumfassende Frage: Wer sind wir? Woher sind wir gekommen? Wohin gehen wir?« Er rieb seine Hände gegeneinander. »Lasst uns mit dem Anfang beginnen. Genauer gesagt: mit eurem Anfang. Nicht mit dem Anfang. Ich bin viel zu müde, um so weit zurückzugehen.«

Sie wurden, erzählte er ihnen, mit zwei Minuten Abstand an einem überaus vielversprechenden Tag geboren – am einunddreißigsten Oktober. Halloween. Eine von ihnen wurde beim Ruf der Eulen und Kreischen der Fledermäuse geboren, in dem Moment, in dem der Vollmond unterging, die andere, einen Augenblick nach der Dämmerung, unter den ersten Sonnenstrahlen des Tages. Und sie wurden nach Apollo benannt, dem Sonnengott, und nach seiner Zwillingsschwester Artemis, der Jägerin.

Der Name ihrer Mutter war Miranda.

Kapitel 12

DER ANFANG

Miranda warf einen Blick auf den verblassenden Mond. Bleich und voll hing er am Morgenhimmel. Ein neuer Tag schien durch das Fenster. Seine goldenen Strahlen erleuchteten die winzigen Kinder, die sie in ihren Armen hielt.
Die Erstgeborene, Artemis, bewegte sich unruhig, während ihre Schwester Apolla, tief und zufrieden schlief.
Neben ihnen saß Aron, der Vater der Kinder. In seinen starken Händen hielt er den prachtvollen Schmuck, den er für sie gearbeitet hatte, feines Gold, gehämmert in die Form einer Sonne und eines Mondes. Denn es war vorhergesagt, dass ihre Geburt eine Brücke zwischen Tag und Nacht schlagen würde.
Auch Miranda trug eine Kette, die Aron für sie angefertigt hatte. Ihr Amulett stellte einen vollkommenen Kreis dar, der von Sonne und Mond gebildet wurde. Es passte vollkommen zu den zwei gesegneten Schmuckstücken, die Aron für ihre Kinder erschaffen hatte und die, aneinandergelegt, ebenfalls ein vollkommenes Rund bildeten.
Erschöpft schloss Miranda die Augen und im Bewusstsein um das zerbrechliche, warme Gewicht der Neugeborenen in ihren Armen und des Glücks und des Staunens Arons, sank sie langsam in den Schlaf.

»Aron.« Es klopfte an der Tür des kleinen Hauses. »Ich muss mit Euch sprechen.«

»Thantos?« Aron erhob sich lächelnd. »Tretet ein, Bruder. Kommt und betrachtet Eure Nichten ... Onkel Thantos«, fügte er mit leisem Lachen hinzu.

»Ich bin nicht allein«, kam die schroffe Antwort von draußen. »Und meine Begleitung wäre in Eurem Hause nicht willkommen. Kommt also heraus, kommt zu uns.«

Aron ging zum Fenster hinüber. Noch einen kurzen Moment zuvor war das Glas der Scheiben makellos klar gewesen, doch nun war es mit einem filigranen Netz von eisigem Frost überzogen. Er schüttelte den Kopf. Was ging hier vor? War das wieder einmal eine List von Thantos? Sein Bruder hatte sich in letzter Zeit an seltsamen Zauberkünsten versucht.

Aron versuchte, durch die geschlossene Tür zu blicken. Wie er es ahnte, es war vergeblich. Er hatte die Beschwörungen aufgesagt, um das Haus gegen die Außenwelt abzuschirmen. Nicht einmal seine eigenen Sinne – sein Sehvermögen, sein Gehör- und sein Tastsinn konnten die Wände durchdringen.

Er verspürte die stechenden Kopfschmerzen, die ihn immer befielen, wenn er seine Kräfte bis zum Äußersten anstrengte – und dennoch konnte er nichts als Thantos' finstere Umrisse vor dem Hause erkennen.

Miranda zitterte. »Wartet, geht nicht«, rief sie im Schlaf.

Aron bemerkte plötzlich einen bitterkalten Luftzug. Er hüllte sich in seinen wärmsten Umhang, den Miranda aus der Wolle ihrer Schafe gewebt hatte. Dann deckte er Miranda und die Kinder mit einer dicken Decke zu.

Wiederum bewegte Miranda sich. Und Artemis streckte Aron kraftvoll eine winzige Faust entgegen. »Ich komme gleich wieder, meine Lieben«, versprach Aron und ging in Richtung Tür.

Als er seine Hand auf die Klinke legte, erwachte Apolla und stieß einen Schrei aus. Unwillkürlich eilte Aron wieder zum Lager der drei. Er legte den Kindern die Amulette um, gab Miranda und jeder seiner Töchter einen Kuss und verließ sie.
Nicht lange darauf betrat Karsh die Hütte. Er verwendete einen Schlüssel, den Lord Aron ihm anvertraut hatte. Gramgebeugt stieß Karsh beim Anblick der noch immer schlafenden Miranda einen verzweifelten Seufzer aus. Er trat näher.
Etwas bewegte sich unter der Steppdecke, ein Wesen wand sich in der Beuge ihres Armes. Karsh sah, wie sich eine winzige Hand aus den dicken Stoffen hervorschob.
Karsh eilte wieder zur Tür. »Kommt, junge Hexe. Eilt Euch. Miranda hat ihre Kinder bereits bekommen«, rief er.
»Ich hab keine Lust, eine Hexe zu sein«, erwiderte eine junge Frau, sein Zögling. »Hexen sind hässlich und haben Warzen und scheußliche Haare …«
»Ihr lest zu viele von diesen Festland-Zeitschriften, Ileana«, schalt Karsh sie sanft. »Kommt, Kind, dies ist ein erhabener Anblick an solch einem finsteren Tag.«
Ileana warf ihre langen, seidigen Haare zurück und betrat widerstrebend das Haus. Ihr schönes Gesicht war blass und angespannt. Tränen des Zorns standen in ihren grauen Augen – einer Farbe, wie auch Arons Augen sie gehabt hatten. In ihren Händen hielt sie einen prächtigen Umhang aus Schafswolle, den Umhang Lord Arons. Er war durchnässt und klebrig von Blut.
Ileana, sechzehn Jahre alt, beinahe siebzehn, durchquerte leise den Raum. Karsh bemerkte, dass sie zitterte. Er wollte seinen Arm um sie legen, doch sie wich ihm aus. »Mir geht es wunderbar, alter Hexer. Ich brauche keinen Trost«, behauptete sie. Stolz wie der Vater, der sie im Stich gelassen hat, dachte Karsh.

Und dennoch vergötterte er das Kind. Denn Ileana war zwar hochmütig, aber sie hatte auch einen unstillbaren Wissensdurst. Es gab nichts in dieser Inselwelt der Hexen und Magier – von der weiten Welt des Festlands ganz zu schweigen –, das sie nicht kennenlernen und nicht erfahren wollte. Sie war eine leidenschaftliche und anspruchsvolle Schülerin. Und es war Karshs größtes Vergnügen, junge Zöglinge zu lehren, wie sie ihre Fähigkeiten erweitern – und auch anwenden konnten.

Ileana, die noch immer den blutigen Stoff in der Hand hielt, beugte sich nieder, um Artemis zu betrachten. Die suchenden Hände des Kindes erfassten ihr Haar und zogen mit ungeahnter Kraft daran. Ileana, entzückt und verwundert zugleich, stieß einen Schrei aus.

Endlich erwachte Miranda und darauf auch Apolla, deren kleine Faust die goldene Kette hielt.

Ileana befreite den Schmuck aus ihrem Griff. »Oh, diese ist ja genauso reizend«, bemerkte sie.

»Meine Töchter.« Miranda lächelte schüchtern. »Ähneln sie nicht der Familie ihres Vaters?« Dann bemerkte sie den Umhang. Nahm zunächst den Duft der Wolle wahr. Doch da war noch etwas. Ein bitterer Geruch, der ihre Sinne verwirrte. »Aron?«, rief sie aus. Dann erblickte sie das Blut.

Miranda schlug wie wild um sich. Sie entriss Ileana den Umhang und verbarg ihr Gesicht darin.

Rasch nahm Karsh die Kinder. Er übergab sie Ileana und legte seine Arme um Miranda. Sanft wiegte er sie hin und her, während sie vor Entsetzen wimmerte. Er presste ihren Kopf an seine Brust und tröstete sie. Sie bäumte sich auf. Ihr Schluchzen wurde zu Schreien, ihre Zähne gruben sich in seine Schulter. Schließlich verließen sie ihre Kräfte und sie verstummte, zitternd und bebend.

Ileana brachte die neugeborenen Zwillinge vor das Haus, während Karsh Arons Blut von Mirandas Gesicht und Haaren wusch. »Sagt mir, Miranda, wann ging er und aus welchem Grund?«, fragte der weißhaarige alte Hexer.

»Thantos kam«, erwiderte sie tonlos. Karsh nickte und reinigte sanft ihr Gesicht, ihre geschlossenen Augenlider. Sie hatte aufgehört zu weinen. Und zu zittern.

»Thantos rief nach ihm. Aron bat ihn herein, doch Thantos lehnte ab. Aron ging, um mit seinem Bruder zu sprechen ...«

Ileana vernahm draußen ihre Worte. Sie presste die Kinder dicht an sich und sprach leise und beruhigend auf sie ein. Lord Thantos, Arons eigener Bruder, hatte den Vater der Mädchen getötet. Hatte sie zu Halbwaisen gemacht. Auch sie selbst hatte keinen Vater ... Nun, aber diese beiden hatten zumindest noch eine Mutter. Die herrliche und mächtige Miranda. Herrlich? Mächtig?

»Meine Kinder! Karsh, wo sind meine Kinder?« Sie stöhnte auf. »Thantos – er wird versuchen, sich ihrer zu bemächtigen. Er wird keine Ruhe geben, bis sie in seinen Händen sind ...«

Ileana kehrte ans Lager zurück. »Hier, Lady Miranda. Hier sind Eure Kleinen. Sie sind wohlauf. Und ich werde dafür Sorge tragen, dass ihnen kein Leid geschieht – so lange Ihr es wünscht. Niemand wird ihnen jemals etwas antun können. Das verspreche ich!«

Miranda sah ihre Töchter nicht an. Stattdessen betrachtete sie Ileanas Gesicht, ließ ihre Augen über die Züge des Mädchens wandern, als versuche sie, sich alle Einzelheiten einzuprägen.

»Wer seid Ihr?«, flüsterte sie kaum hörbar.

»Ileana«, erwiderte Ileana. »Ich bin Lord Karshs Mündel ...«

»Ich kenne Euch. Ich kenne Euren Vater. Bitte fügt meinen Kindern kein Leid zu. Schützt sie. Und rettet sie!«

Kapitel 13

FREIHEIT FÜR EDDIE

Draußen sank die Dämmerung herab. Der Mond erschien blass am Firmament und die ersten Sterne kündigten die beginnende Nacht an. Nach Karshs langer Erzählung herrschte Stille im Raum. Jeder der Anwesenden hing seinen Gedanken nach, versuchte für sich zu verstehen, welch ungeheuerliche Geschichte Karsh vor ihnen ausgebreitet hatte.

Endlich brach der alte Zauberer das Schweigen. Er sah auf die Uhr.

»Oh«, sagte er entschuldigend, »Ich muss gehen. Ileana wird sehr zornig auf mich sein. Sie wartet darauf, dass sie mich nach Hause bringen kann …«

»Ileana?«, fragte Cam mit bewegter Stimme. »Ist sie das? Die uns gerettet hat, als wir noch klein waren?«

Karsh nickte. »Von jenem fürchterlichen Tag an war es ihre Aufgabe, euch zu leiten und zu beschützen.« Langsam erhob er sich und bündelte einige Papiere, die auf Davids Schreibtisch lagen. »Macht ihr die Arbeit nicht so schwer.« Er lachte leise.

Cam sprang auf. »Sie können uns doch jetzt nicht …«, setzte sie an.

»Verlassen?« Karsh schüttelte den Kopf. »Niemals – solange noch Leben in mir steckt. Dieses Versprechen habe ich schon vor langer Zeit gegeben.« Er warf einen kurzen Blick auf Dave, als wollte er ihn um die Erlaubnis bitten weiterzusprechen, und Dave verstand ihn und nickte. »Ich habe dieses Versprechen eurem sterbenden Vater gegeben …«

»Und unserer Mutter?«, wollte Cam wissen.

»Ja«, erwiderte der alte Hexer traurig. »Obschon ich nie ganz sicher war, ob sie mich überhaupt hörte.«

»Und wo ist sie jetzt?«, fragte Alex angriffslustig. »Und wo hat sie all diese Jahre gesteckt?«

Karsh blätterte weiter durch die Papiere. Als er auf Alex' Frage keine Antwort gab, stellte Cam ihm eine weitere. »Können wir mit Ihnen in Verbindung treten, wenn wir Sie brauchen? Weiß Dave den Weg zu ihnen?«

»Leider«, bestätigte Karsh, »kann man mich nicht so einfach erreichen.« Er wandte sich Dave zu. »Ich habe dir die Geburts- und Sterbeurkunden hiergelassen. Und habe, soweit ich es konnte, die restlichen Informationen eingetragen, um die du mich gebeten hattest …«

»Wo ist sie?!«, wiederholte Alex. »Und warum sollten wir Ihnen überhaupt glauben? Wer sagt uns, dass Sie uns nicht belügen?«

Endlich sah der alte Mann sie an. »Es tut mir leid, Artemis. Alexandra. Wie soll ich dich nennen?«

»Alexandra«, sagte Alex trotzig.

Karsh nickte. »Ich weiß, wie sehr du Sara vermisst. Ich weiß, wie nahe ihr euch standet. Saras Wahrnehmung und ihre Instinkte waren ebenso außergewöhnlich wie es die von David sind. Weitaus besser als die der meisten Menschen. Ihre Sinne waren scharf, wenngleich nicht so ausgeprägt wie die deinen und die deiner Schwester. Ihr beide seid schon jetzt erstaunlich bewandert in den Künsten des Sehens und Heilens. Gleich nach eurer Geburt war es offensichtlich, dass ihr mit euren Kräften so weit über allen anderen standet, wie man es vorhergesagt hatte. In einer anderen Zeit, an einem anderen Ort hätte auch Sara ihre Fähigkeiten weiterentwickeln können, wäre vielleicht schließlich zu einem Vormund aufgestiegen. Doch ebenso wie David entschied sie sich, ein Beschützer zu werden, ihre ganze Begabung dazu einzusetzen, einen Zögling zu leiten und zu bewachen, dessen Talent das ihre übertraf …«

»Zögling. Schon wieder dieses Wort«, unterbrach Alex ihn. »Was soll das denn eigentlich heißen? Wir sind doch ganz normale Mädchen …«

»Sind wir das?«, flüsterte Cam.

»Mädchen seid ihr auf jeden Fall«, bestätigte Karsh. »Nur menschlich. Oder glaubt ihr etwa, dass Hexen und Zauberer eine besondere Rasse sind? So viele, deren Vorstellungsvermögen eingeschränkt und deren Geist verkümmert ist, teilen diese Ansicht«, sagte Karsh mit einem leidenden und bitteren Tonfall, der Cam und Alex überraschte.

Er räusperte sich. Seine Stimme jedoch klang niemals klar, sondern heiser und auch schwach. »Wir alle sind menschlich – alle. Sogar«, fügte er mit einem unwillkürlichen Grinsen hinzu, »dein unbeholfener, aber gutherziger Sohn, David. Dylan. Aus dem Jungen kann noch was werden.«

»Ich hoffe nicht«, scherzte Dave. »Zwei Teenie-Hexen genügen mir voll und ganz.«

»Wir sind also – Hexen?«, wollte Cam wissen. »Wirklich?«

»So nennt man uns heutzutage«, erwiderte Karsh. »Aber zu allen Zeiten hat es Menschen wie uns gegeben. Seher, Heilige, Schamanen, Sibyllen. Ihre Weisheit half und heilte. Und wir setzen diese Tradition fort. Ebenso wie Sara und David und viele andere haben wir uns entschieden, unsere Fähigkeiten

dazu einzusetzen, Menschen in Not zu dienen und sie zu beschützen.«
Jemand klatschte – langsam und provozierend. Cam und Alex konnten es hören, obschon Dave scheinbar nichts vernahm.
»Um Himmels willen, Karsh, jetzt lasst das Predigen. Sagt Gute Nacht und Lebewohl. Wir müssen fort!«
»Ileana!« Cam hatte die Stimme erkannt.
»Ja, ich denke, es ist nun genug für heute.« Alex stöhnte leise.
Karsh zwinkerte ihnen zu, langsam ging er zur Tür. »Man sieht sich«, sagte er und hakte sich bei Dave unter. »Würdest du mich ein Stück begleiten?«
»Übrigens, meine Lieben«, sagte Ileana, deren Gegenwart nur durch einen nach Kiefern duftenden Luftzug spürbar wurde. »Nennt mich ruhig Göttin.«

Am nächsten Tag erschien Cam all das wie ein Traum. Ihre Mutter war weder Emily noch Sara. Ihre Mutter war eine wunderschöne Hexe namens Miranda.
Alex empfand es eher als Albtraum. Sara war tot. Sara war nicht ihre Mutter. Und wer auch immer diese Miranda war, offenbar hatte sie kein Problem damit gehabt, ihre Kinder abzugeben.
Sie waren auf dem Weg zum Einkaufszentrum. Emily bog auf den Parkplatz ein und stoppte. »Seid ihr sicher, dass ihr mit dem Bus nach Hause fahren wollt?«, fragte sie.
»Na ja ...«, begann Cam.
Alex stellte sich vor sie und beugte sich über die Windschutzscheibe. »Kein Thema, Em. Nett, dass du uns gebracht hast, aber wir kommen schon allein wieder zurück.«
»Vielleicht nimmt uns ja auch Beths Mutter mit«, ergänzte Cam hoffnungsvoll. »Wir treffen uns nachher im Banana.«

»Genau, wir fahren mit den Haien«, sagte Alex.

Emily schien zu schwanken, aber dann zuckte sie mit den Schultern und rief: »Also gut dann. Viel Spaß«, und fuhr von dannen.

»Fish«, sagte Cam gereizt, während sie die Herrenabteilung durchquerten.

»Wie: Fish?«, wiederholte Alex harmlos und schob sich an einem Ständer mit Kaschmirjacken vorbei.

»Beths Nachname. Sie heißt Beth Fish und nicht Beth Hai. Und wieso stehst du plötzlich so auf öffentlichen Nahverkehr?«

»Wer nicht Bus fährt, macht's verkehrt«, erwiderte Alex und betrat hinter Cam die Rolltreppe. »Und da wir uns ja jetzt so für das Wohl der Gemeinschaft engagieren – ich meine, anderen dienen und sie beschützen –, müssen wir uns auch unters Volk mischen.«

»Er hatte Recht«, fauchte Cam, als sie am Kopf der Rolltreppe angekommen waren. »Du bist wirklich eine Hexe. Und außerdem – entschuldige, dass ich wieder in deine geheimsten Gedanken eingedrungen bin –, was hat Cade Richman mit all dem zu tun?«

»Ich treffe ihn in einer Viertelstunde bei den Lebensmitteln«, sagte Alex, trat von der Rolltreppe herunter und überholte Cam.

»Das bedeutet also, du bist vollkommen sicher, dass er nicht Thantos' Bote ist?«, rief Cam und eilte ihrer Zwillingsschwester nach.

»Selbst wenn …« Alex hielt Cam eine Ladentür auf. »Dann weiß Thantos zumindest, womit man mich anlocken kann. Cami, der Junge ist wirklich toll.«

»Hältst du das alles für einen Scherz, oder was?«, fragte Cam.

»Ein Mädchen darf doch wohl noch träumen. Außerdem, Apolla«, krächzte Alex und versuchte, Karshs Stimme nachzuahmen, »vielleicht glaubst du ja an dieses Märchen, das er uns gestern Abend aufgetischt hat, aber ich habe da so meine Zweifel. Zum Beispiel: Wieso hat dieser weißhaarige Alte nie auf Daves erste Frage geantwortet? Er hat uns nicht gesagt, warum man uns überhaupt getrennt hat. Warum meine Mom und auch David nie erfahren haben, dass wir Zwillinge sind …«

»Das liegt doch auf der Hand«, sagte Cam und eilte an dem kleinen Laden vorbei, der Kristalle verkaufte, warf nur einen kurzen, gelangweilten Blick in die Auslage. »Thantos – dieser bärtige Riese, der unseren Vater umgebracht hat. Aus irgendeinem Grund will er auch uns töten. Beide. Zusammen.«

»Und warum hat er das dann nicht getan? Er hat uns doch schon einmal gefunden. Zweimal sogar …«

»Weil Karsh und Ileana auf der Bildfläche erschienen sind.«

»Und jetzt hat Onkel Thantos angeblich einen Boten losgeschickt, um uns zu kriegen. Und wir sollen nun herauskriegen, um wen es sich handelt und uns trotzdem nicht schnappen lassen. Wenn Ileana sich als Polizistin oder als Kellnerin oder sonst irgendwas tarnen kann, dann kann dieser Bote das wahrscheinlich auch. Ich meine, das bedeutet ja, dass man niemandem mehr trauen kann.«

Cam sah Beth, die vor dem Banana auf sie wartete. »Hi, Süße«, rief sie und winkte ihrer besten Freundin zu.

»Na ja, süß …«, wiederholte Alex und versuchte, ihrer Stimme einen gespenstischen Tonfall zu verleihen. »Vielleicht ist sie ja in Wirklichkeit entsandt von der bösen Seite des Coventry-Stammes der Hexen und Zauberer.«

»Was laberst du denn da?«, erwiderte Beth kühl. »Hey, guckt jetzt nicht hin, aber dort hinten steht ein Verbrecher.«

Natürlich drehte sich Alex sofort um. Cam ebenso. »Eddie Robins«, sagte Cam. »Ich dachte, der sitzt noch im Jugendknast.«

»Na, irgendjemand muss wohl seine Kaution bezahlt haben«, überlegte Alex.
»Seht nicht zu ihm hin«, flüsterte Beth. »Sonst kommt er noch hier rüber …«
»Hey, Eddie! Wie läuft's?«, rief Alex.
Der Junge warf ihnen einen wütenden Blick zu. »Du hältst dich wohl für unheimlich witzig, wie?«, sagte er und stampfte bedrohlich auf sie zu. Beth griff nach Cams Hand und trat einen Schritt zurück.
Alex, lass ihn in Ruhe, befahl Cam ihrer Schwester im Stillen. *Spürst du es denn nicht? Er leidet.*
»Mann, ich wollte mich nicht lustig machen über dich. Ich will wirklich wissen, wie's läuft. Wer hat denn deine Kaution bezahlt – Cade?«
»Woher hast du das denn?« Eddie reckte streitlustig sein Kinn vor. »Prahlt er jetzt überall damit rum?«
»Nur so eine Eingebung«, sagte Alex.
»Ich weiß nicht, ob er es war. Mein Alter sagt's mir nicht. Er hat nur gesagt, dass irgendjemand, der bei mir auf der Schule ist, ihm die Knete gegeben hat.«
»Wieso glaubst du denn, dass es Cade war, Alex?«, fragte Beth. »Ich meine, Eddie ist doch bei ihm eingebrochen …«
»War gar nicht nötig einzubrechen«, erklärte Eddie und strich sich über seinen glatt rasierten Kopf. »Ich hatte den Schlüssel zum Gartentor. Jedenfalls hatte ihn mein Dad und ich bin nur dort gewesen, um ein Feuerzeug zu holen, das er liegen gelassen hatte. Ein Geschenk von meinem älteren Bruder, der im Golfkrieg gefallen ist. Die Terrassentür stand auf. Also bin ich rein. Ich dachte, ich könnte zu meiner Entschuldigung immer noch sagen, dass ich hoffte, Mr Richman hätte das Feuerzeug vielleicht gefunden und es auf den Tisch gelegt oder so was …«

»Und dann ging die Alarmanlage los«, sagte Cam.
»Ach ja, ich hab ja ganz vergessen, dass ihr die Hexenschwestern seid. Was glaubt ihr denn noch alles so zu wissen?«
»Die Polizei hat deine Fußabdrücke im Haus gefunden«, platzte es aus Beth heraus. »Das habe ich zumindest gehört.«
»Ja, und dass Geld fehlte. Richtig viel Geld, stimmt's? Na ich hab's jedenfalls nicht genommen«, knurrte Eddie.
»Wer denn dann?«, erkundigte sich Beth mutig.
»Vielleicht Cades durchgeknallte Schwester. Keine Ahnung. Aber ich nicht – auch wenn mir das niemand abkauft!«
Cam warf einen Blick auf Alex und sagte dann an Eddie gewandt: »Ich kaufe es dir ab. Ich glaube nicht, dass du es warst.«
»Ich auch nicht«, sagte Alex leise. »Ich glaube dir auch.«
Eddies wütender Blick wurde etwas weicher. Doch sein Tonfall blieb drohend. »Ach ja? Na, dann habe ich ja nichts mehr zu befürchten. Ich meine, wenn ich ein paar Hexen auf meiner Seite habe! Ha-ha-ha!«
»Das war ja jetzt echt abgefahren«, bemerkte Beth, als Eddie gegangen war.
»Cades durchgeknallte Schwester ...«, grübelte Cam hörbar.
Alex nickte. »Zunächst dachte ich, dass die Schreie von der Mutter des Kindes kamen – des kleinen Jungen, der offenbar überfahren wurde ...«
»Aber sie kamen aus dem Auto, stimmt's? Das lachende Mädchen brach in Geschrei aus ...«
Beth hörte ihnen zu und versuchte, die Zusammenhänge zu erkennen. Schließlich gab sie verwirrt auf und ließ ihre Blicke durch das Einkaufszentrum wandern. »Oje. Apropos durchgeknallt ...«
»Wow!« Bevor sie wussten, wie ihnen geschah, klebte Madison an ihnen wie ein alter Kaugummi. »Das ist ja so abgefahren, ge-

rade habe ich noch an euch gedacht. Ich fasse es ja nicht, dass ihr mir nichts von der Party gesagt habt! Wie konntet ihr das vergessen? Und ich habe voll das allerbeste Kostüm. Ich habe gehört, wie sich Amanda und Sukari neulich darüber unterhalten haben. An Halloween, stimmt's? Ich wusste, dass ihr einfach nur noch nicht dazu gekommen seid, mich einzuladen. Hey, das muss euch doch überhaupt nicht peinlich sein. Keine große Sache. Es reicht doch völlig, wenn ihr mir jetzt eben die Eckdaten gebt – wann, wo und so weiter – und dann sehen wir uns da. Halt. Schon gut, ich frag euch einfach am Montag noch mal nach den Einzelheiten, okay?«

Cam starrte ihr mit weit aufgerissenem Mund nach. *Hast du irgendeine Ahnung, was in deren Kopf vor sich geht?*, fragte sie ihre Zwillingsschwester im Stillen.

Nein, aber ich mag sie nicht, erwiderte Alex. *Madison ist leer und chaotisch.*

Alex hatte es noch nie geschafft, einen Gedanken von Madison zu hören.

»Können wir jetzt vielleicht mal reingehen?«, bat Beth. »Hier draußen wird es mir langsam zu unheimlich mit all den Spinnern, die so unterwegs sind.«

»Geht ihr nur. Ich seil mich ab«, erklärte Alex. »Wir treffen uns später. Bei den Lebensmitteln.«

»Alex, lass das«, sagte Cam. »Wir sollen doch nicht …«

»Was sollt ihr nicht?«, fragte Beth.

»Uns mit Jungs treffen«, erläuterte Cam. *Vor allem nicht*, fügte sie an Alex gerichtet hinzu, *mit Fremden.*

»Wir sind ja nur deswegen noch fremd miteinander, weil ich ihn bislang noch nicht besser kennenlernen konnte. Also bis später«, rief sie ihrer Schwester und Beth zu. »Vielleicht im Hamburger-Himmel.« Sie lachte ausgelassen.

Kapitel 14

RENDEZVOUS MIT DEM SCHICKSAL

Jegliche leise Zweifel, die sie hinsichtlich Cade gehabt hatte, waren in dem Augenblick vergessen, in dem sie ihn entdeckte. Er lehnte sich gegen den Softeis-Automaten und beobachtete die Menschen, die durch das Einkaufszentrum wanderten. Schlaksig und sportlich in einem schwarzen T-Shirt, sauberen Jeans und Motorradstiefeln; die dunklen Haare fielen lässig auf seine hohe Stirn und umrahmten seine klaren, himmelblauen Augen.

»Hi.« Alex machte eine grüßende Geste.

»Selber hi«, sagte Cade, nahm ihre Hand und zog sie an sich, als wären sie seit Langem vertraut miteinander. Seine Lippen berührten ihre. Und ihre Ohren summten, ihre Lippen bebten, so wunderbar und laut, dass Alex kaum verstehen konnte, was er gerade sagte.

»… oder nur so rumgehen?«, war das Erste, was sie wieder mitbekam.

»Klar«, sagte sie. »Rumgehen finde ich gut. Einfach bummeln. Und unterhalten.«

»Oh nein, bitte nicht«, scherzte Cade. Noch immer hielt er ihre Hand. »Alles, nur das nicht.«

»Aber wir müssen uns doch unterhalten«, neckte Alex zurück.

»Ich meine, ich kann schließlich deine Gedanken nicht lesen, wie soll ich also rauskriegen, was du denkst?«

»Glaub mir, das ist gar nicht nötig«, versicherte er. »Nicht mal ich will das so genau wissen.«

Aber mit Wollen hatte das nicht viel zu tun. Obwohl sie sich noch so sehr zur Konzentration zwang, waren Cades Gedanken wieder unter einem knisternden Durcheinander versteckt. Alex konnte den richtigen Sender nicht finden.

»Du zuerst«, schlug er vor. »Wo willst du hin?«

»Na ja, also erst mal«, sagte sie und blickte sich um, »würde ich gerne mal in den Musikladen.«

»Geht in Ordnung«, sagte Cade, legte seine Hand auf ihren Rücken und geleitete sie quer durch das Einkaufszentrum zu einem kleinen Laden mit blau getönten Schaufenstern und greller Beleuchtung.

Sie gingen zwischen den Regalreihen auf und ab, bis Alex die Abteilung gefunden hatte, die sie interessierte. »Also, wie gefällt es dir denn so in der Schule? Als Neuzugang.« Er grinste.

»Glaubst du mir eigentlich jetzt, dass ich nicht so gut bin im Unterhalten?«

»Geht doch.« Alex lachte und zuckte dann mit den Schultern. »Ich find's ganz okay da.«

»Deine Schwester ist ja voll integriert. Wieso kennt sie schon so viele von den Leuten, wenn ihr gerade erst hierhergezogen seid?«

»Lange, komische Geschichte. Cam hat ihr ganzes Leben in Marble Bay verbracht. Ich bin aus Montana. Ich bin erst im Sommer hergekommen …«

 »Du willst mich auf den Arm nehmen!« Cade war skeptisch. »Aber ihr seid doch eineiige Zwillinge. Ich meine, ihr tragt sogar den gleichen Schmuck …«

»Nicht ganz den gleichen«, sagte Alex und zeigte ihm ihr Amulett. »Mein Anhänger stellt einen Mond dar, siehst du? Cam hat eine Sonne.«
Cade betrachtete das Amulett. *Hübsch*, sagte er aufrichtig.
Aufrichtig? Woher wollte sie das denn wissen?
Und dann wurde es ihr klar: Weil er es nicht laut ausgesprochen hatte. Er hatte es nur gedacht. Alex hatte es wieder einmal geschafft! Sie war in seine Gedanken gelangt. Oder lag es vielleicht an dem Amulett? Genau in dem Moment, in dem Cade es berührte, hatten sich ihr seine Gedanken geöffnet.
Und jetzt hörte sie, wie er dachte: *Oh nein. Da ist Robins.*
Alex blickte auf. Eddie Robins stand ein paar Gänge weiter und sah sich heruntergesetzte CDs an. »Oh, da ist Eddie«, sagte sie, als habe sie Cades Gedanken nicht gehört. »Ich bin ihm vorhin schon mal begegnet. Er ist gerade aus dem Jugendknast raus. Irgendjemand aus der Schule hat die Kaution bezahlt. Ich kann mir nicht vorstellen, warum. Ich meine, alle denken doch, dass er bei euch eingebrochen ist.«
»Stimmt«, sagte Cade, der noch immer das Halbmond-Amulett in der Hand hielt. Und dann dachte er: *Aber das war er gar nicht. Mann, ich wünschte, es wäre anders. Ich muss hier weg.*
»Hey, wie wär's mit …?«
»Pizza?«, sprang Alex ein. »Fänd ich cool.«
Plötzlich umarmte Cade sie. »Du kannst wohl doch Gedanken lesen.« Er lachte. Als sie den Laden verließen, ließ er seine Hand auf ihrem Nacken ruhen und spielte weiter an ihrer Kette.
Alex war hin- und hergerissen. Jede von Cades Bewegungen brachte etwas in ihr zum Schwingen. Jeder Gedanke, den er hatte, ließ diese Welle wieder erstarren. Er dachte auch jetzt in diesem Moment an etwas. An … etwas Lautes. Einen heulenden Motor. Kreischende Bremsen.

Sie wünschte, dass Cam hier wäre. Cam konnte Dinge beschreiben, die niemand aussprach.

Und dann, mit einem Mal, erkannte Alex das Geräusch.

Ein Auto! Das rote Cabrio aus Cams Vision. Das rasende Auto, das einen kleinen Jungen erwischt hatte.

»Hast du eigentlich einen Führerschein?«, fragte sie, während sie das Einkaufszentrum in Richtung Pizzeria durchquerten. »Ich meine, kannst du fahren?«

Er wirkte verblüfft. »Nein«, sagte er. »So ein Zufall. Ich dachte gerade an … an ein Auto.«

»Hmmm.« Alex legte die Hand an ihre Stirn, Modell Guru, und sie gab vor, sich angestrengt zu konzentrieren. »Ein Auto. Ein blaues … nein, Moment. Ein rotes Auto, stimmt's?«

Seine Hand in ihrem Nacken versteifte sich. »Ja, schon …«, erwiderte er vorsichtig.

»Ein Cabrio?«, fragte Alex. Doch nun war sie grässlich sicher. »Ein rotes Sport-Cabrio.«

Das Auto meiner Schwester, raste es durch seinen Kopf. *Karens BMW. Woher weiß sie das?*

»Der kleine Junge«, sagte Alex unvermittelt. »Was ist mit ihm passiert?«

Cade rastete aus. »Lass das sein«, brüllte er und machte einen Satz zurück. »Bist du eine Hexe, oder was?«

»Sieht so aus«, antwortete sie erleichtert.

Er wusste nicht, dass sie eine Hexe war!

Wärme durchflutete sie wieder und verdrängte das atemlose Frösteln, das sie überfallen hatte, als sie dachte, dass Cade vielleicht der Bote war.

Aber der kleine Junge … sosehr sie auch in Cade verknallt war, in diesem Moment bedeutete ihr der kleine Junge, den Cades Schwester überfahren hatte, einfach mehr.

»Ist es ihr Kind? Das Kind deiner Schwester?«, fragte sie ihn.
Er schüttelte verneinend den Kopf.
Wiederum wünschte Alex, dass Cam hier wäre und sehen könnte, was ihr nicht sichtbar wurde. Als sie an ihre Zwillingsschwester dachte, spielte sie gedankenverloren mit ihrer Kette und spürte auf dem rauen Gesicht des Halbmondes die zarten Dellen, die Arons Hammer hinterlassen hatten.
Wie hatte Karsh es noch genannt? Ein gesegnetes Amulett, das ihr Vater für sie erschaffen hatte. Ihr Vater.
Sie hatte schon immer gewusst, dass Ike Fielding mit seinen dämlichen Wie-werde-ich-reich-Plänen, seiner angeberischen Art und seinen haushohen Schulden unmöglich ihr richtiger Vater sein konnte.
Und dann wurden ihre Gedanken von einem regelmäßigen, pochenden Zischen unterbrochen. Schuhe quietschten auf dem Linoleum. Schuhe mit Gummisohlen. Praktische Schuhe. Solche, wie die Krankenschwestern sie trugen, die sich um Sara gekümmert hatten. Regelmäßiges Piepsen. Ein Kontrollgerät.
»Der kleine Junge … er liegt im Krankenhaus.«
Cade starrte sie an. Die Freude, die Wärme, die sie in seinen strahlenden Augen gesehen hatte, waren verschwunden. Angst war an ihre Stelle getreten. Angst und gleich darauf Scham, als er bestätigend nickte. Der Junge, das Kind, das seine Schwester überfahren hatte, lag in einem Krankenhaus.
»Ich … Ich muss jetzt gehen. Tut mir leid«, sagte Cade, verwirrt, wütend, beschämt. »Ich muss hier weg.«
Alex beobachtete, wie er durch das Einkaufszentrum schritt, erhaschte einen letzten Blick, bevor er in der Menge verschwand.
Alex. Ich warte. Komm schon, Mädchen. Wo bleibst du denn?
Sie sah sich suchend um. Doch sie erkannte niemanden in ihrer Nähe.

Hey. Ungeduldig, sarkastisch. *Alexandra Fielding. Wir sind in der Lebensmittelabteilung.*
Niemand nannte sie Alexandra. Außer Madison. Oh Gott, das Mädchen war wirklich eine Strafe.
Doch was hatte Alex eigentlich gerade gehört? Niemand hatte laut irgendetwas gesagt. Es war eine stille Aufforderung gewesen. Also konnte es nicht von Madison gekommen sein.
Oder etwa doch?

Kapitel 15

HEILENDE KRÄUTER

»Glück gehabt, du hast deinen größten Fan verpasst«, sagte Beth, als Alex sich ihrem Tisch näherte. Cams gertenschlanke Freundin mampfte gerade eine Riesenportion Pommes.

»Wen, etwa Cade?«, fragte Alex hoffnungsvoll.

»Fast«, erwiderte Beth und leckte Ketchup von ihren Fingerkuppen. »War der nicht bei dir?«

»Madison«, erklärte Cam. »Sie hat auf dich gewartet. Aber sie hat sich schon wieder abgeseilt. Du weißt ja, wie hektisch sie immer ist.«

»Hast du mich … äh, gerufen?«, fragte Alex ihre Zwillingsschwester.

»Ha!« Beth nickte zu Cam hinüber. »Die High-Tech-Diva hat ihr Handy zu Hause liegen gelassen. Man höre und staune.«

Hab ich, antwortete Cam ihrer Schwester. *Du warst spät dran. Ich habe mir Sorgen gemacht.* Als sie Alex' gerötetes Gesicht bemerkte, vergaß sie alle Vorsicht und fragte laut: »Was ist passiert? Was ist los?«

In Beth' Gegenwart konnte Alex nicht auf die Frage antworten. »Nichts.« Sie schnappte sich eine Hand voll Pommes von Beths Teller. Nur für Cam bestimmt erklärte sie: *Wir müssen dringend miteinander reden!*

Während Alex die ergatterten Fritten wie matschige Spaghetti in sich reinstopfte, fühlte Cam, wie sie Kopfschmerzen bekam. Das geschah immer, wenn sie eine Vision hatte. Sie schloss die Augen und sah, in einer blitzenden Folge von grellen Bildern, Cade Richmans entsetztes Gesicht, das rasende rote Cabrio, ein Sauerstoffzelt in einem Krankenhauszimmer und Madison Knudniks schelmisches Grinsen. *Langsam, Mädchen.* Ruckartig schlug Cam die Augen auf. *So viel kann ich nicht auf einmal verarbeiten.*

»Was soll das heißen?«, fragte Alex.

»Cam hat Recht. Du siehst nicht besonders gut aus«, erwiderte Beth. Sie schob ihren Stuhl zurück und sammelte die Einkaufstüten ein, die in einem Haufen zu ihren Füßen lagen. »Wir sollten uns besser auf den Weg machen. Meine Mutter wartet sicher schon auf uns …«

Cam erhob sich langsam. Alex hielt sie zurück. »Lass nur, wir wollen später den Bus nehmen«, sagte Alex.

Beth zuckte mit den Schultern. »Wie ihr wollt, ihr zwei Unzertrennlichen. Bis die Tage.«

Sie saßen kaum auf ihren Plätzen im Bus, als Alex schon anfing, Cam auf den letzten Stand der Dinge zu bringen. »Okay, also erst mal: Du hattest Recht, so was von Recht. Eddie hat die Wahrheit gesagt. Jedenfalls in der Hinsicht, dass er nicht hinter den Diebstählen bei den Richmans steckt. Frag mich nicht, woher, aber Cade weiß, dass Eddie es nicht war …«

»Du hast seine Gedanken gelesen!«, quietschte Cam erfreut.

»War gar nicht so leicht. Aber als er irgendwann angefangen hat, mit meinem Amulett rumzuspielen: Sesam öffne dich! – auf einmal wusste ich genau, was er gerade denkt. Und unter anderem dachte er an dieses rote Cabrio, was du gesehen hast. Ein …«

»Ein BMW«, sagte Cam. »Natürlich.«

»Gehört seiner Schwester Karen. Und der kleine Junge, Cami. Sie hat ihn tatsächlich angefahren – oder wer auch immer am Steuer saß. Und er ist nicht tot!«

»Liegt er in diesem Sauerstoffzelt im Krankenhaus?«

»Im Krankenhaus ist er auf jeden Fall. Ich weiß aber nicht, wo und in welchem. Ich weiß nicht mal, wo der Unfall passiert ist. Du?«

Cam schüttelte den Kopf. »Ich hab nur eine dunkle Straße gesehen. Eine dunkle Straße, diesen verschwommenen roten Fleck, das offene Verdeck, Scheinwerfer, ein rennendes Kind …«

»Und ich habe dieses Lachen gehört«, ergänzte Alex. »Es kam aus dem Wagen. Und dann die Schreie und … ein Geräusch, dieses schreckliche Geräusch, als sie … den Jungen erwischt haben, nehme ich an. Aber wieso sollte ein kleines Kind nachts allein über eine dunkle Straße rennen? Du hast nicht zufällig seine Mom gesehen oder sonst irgendjemanden? Ich meine, wenn du es dir noch mal vorstellen könntest …«

»Oh nein«, sagte Cam entschieden. »Verschone mich. Ich will das nicht schon wieder durchmachen. Meine Kopfschmerzen lassen gerade erst nach.«

»Na, was sollen wir dann unternehmen? Ich meine, ich habe ja nichts davon gesehen. Das Zimmer im Krankenhaus, Cami. Kannst du da vielleicht irgendeine Akte erkennen oder so was? Diese Armbänder aus Plastik, die man den Patienten umbindet? Wenn wir wüssten, wie der Junge heißt, könnten wir die Kliniken durchtelefonieren, bis wir ihn gefunden haben.«

»Und dann? Ich weiß schon, was du denkst – dass wir ihn retten können, ihn heilen können, seine Knochen oder was auch immer kaputt ist, wieder in Ordnung bringen können. Aber wir sprechen hier von einem Kind, Alex, einem menschlichen Wesen. Er ist doch keine Maschine …«

»Schon gut, schon gut.« Sie hatten schon früher einmal so etwas Ähnliches erlebt. Dinge wieder in Ordnung gebracht – Gegenstände, aber niemals Menschen geheilt. Cam hatte ihre unglaubliche Sonnenkraft angewandt und Alex ihr herausragendes Gehör, das es ihr ermöglichte, sich im Dunkeln zurechtzufinden. Gemeinsam hatten sie Eisen verbiegen können. Doch würde es ihnen gelingen, mit den gleichen Mitteln ein krankes Kind zu heilen?

Alex wandte sich ab und blickte aus dem Fenster des Busses – als ob sie so ihre Zweifel vor Cam verbergen könnte. Eine Zeit lang sprach keine von ihnen. Dann, als sie schon fast an ihrer Haltestelle angekommen waren, spürte sie eine Hand auf ihrer Schulter. Die Berührung ließ ein eisiges Frösteln über ihren Rücken laufen.

»Karsh hat ja behauptet, dass wir heilerische Fähigkeiten haben, erinnerst du dich?«

Alex starrte ihre Doppelgängerin an. Cams Augen blickten ins Leere und waren beinahe geschlossen. Sie krümmte sich vor Schmerzen. »Und dass wir anderen helfen sollen«, sagte sie mit zitternder Stimme.

»Du hast's geschafft.« Alex schlang ihre Arme um ihre bebende Schwester. »Du warst wieder da. Du hast ihn gefunden.«

»Nicht so richtig.« Cam schüttelte den Kopf. »Ich habe nur seinen Namen gefunden. N. Tung, glaube ich. Ich weiß aber nicht, in welchem Krankenhaus er liegt. Aber das Zimmer … die Betten stehen alle im Kreis, es gibt Vorhänge dazwischen, aber keine Türen. Das Schwesternzimmer ist mitten im Raum. Ich habe ein Schild gesehen, auf dem ›Intensivstation‹ stand und ein Mädchen mit einem kleinen Wagen … Sie trug einen rosa Kittel und unterhielt sich mit einer Krankenschwester.«

»Was für ein Wägelchen?«, fragte Alex.

»Du weißt schon, so eins mit Saft, Zeitschriften …«

»Zeugs für die Patienten?«

»Dieser Kittel!«, erinnerte sich Cam. »So einen hatte Manda letztes Jahr, als sie ein Praktikum im Mount-Bay-Krankenhaus gemacht hat!«

»Wenn da ›Intensivstation‹ stand, muss er in einem ziemlich schlechten Zustand sein«, sagte Alex tonlos und erinnerte sich, dass ihre Mutter – nein, Sara, verbesserte sie sich und spürte Tränen in ihren Augen aufsteigen. Sara war in einem langen, überfüllten Saal gestorben, weit weg von einer hell erleuchteten, sorgsam überwachten Intensivstation.

Alex wurde bewusst, dass sie Cam noch immer umarmte. Da sie sich lächerlich vorkam, ließ sie los, aber ihre Schwester klammerte sich an ihr fest.

»Als«, flüsterte Cam. »Was sollen wir denn jetzt machen? Ich hab echt keine Ahnung von Heilkunst …«

»Er erwähnte Kräuter«, erinnerte sich Alex. Sie schloss die Augen und stützte ihr Kinn auf Cams Kopf ab, auf einem Kissen aus dichten rotbraunen Haaren. *Du müsstest erst mal etwas über Kräuter und Blumen lernen,* hatte Doc ihr damals in Crow Creek geraten – Doc, dessen Name in Wirklichkeit Karsh war. *Dich dann mit Kristallen und Steinen beschäftigen. Und für Beschwörungen hast du ja offenbar schon jetzt ein ganz gutes Gespür …*

Doch welche Kräuter und Blumen, Kristalle und Steine, welche Beschwörungen oder Zaubersprüche würden sie brauchen, um einem todkranken kleinen Jungen helfen zu können?

»Ich kenne Kräuter nur aus Badezusätzen und Duschgels«, gestand Cam. Der Bus hielt mit einem Ruck. »Himmel, wir müssen hier raus.« Sie sprang auf und versetzte Alex dadurch versehentlich einen Kinnhaken. Dann schnappte sie sich ihre Hand, zerrte sie auf die Beine und zog sie aus dem Bus.

Zehn Minuten später stürmten sie die Treppe hinauf, während Emily ihnen nachrief: »Alex, dieser Junge hat nach dir gefragt. Cade Richman. Er ruft seit einer halben Stunde alle zehn Minuten an. Ich habe seine Nummer aufgeschrieben.« – Offensichtlich hatte Emily beschlossen, nachsichtiger auf Alex' Zuneigung zu reagieren; trotz der Gefahren, in denen die Mädchen schwebten.

Aber Alex wehrte ab. »Ich will jetzt nicht mit ihm sprechen«, erwiderte sie ohne anzuhalten.

»Cade hat angerufen und du hast was Besseres zu tun?«, fragte Cam, als sie in ihrem Zimmer angekommen waren.

»Ich bin total sauer auf ihn«, beschloss Alex. »Er weiß, dass Eddie das Geld nicht geklaut hat. Ich habe seine Gedanken gehört. Also warum hat er das dann nicht der Polizei erzählt, statt seinen Dad dazu zu kriegen, Eddies Kaution zu bezahlen? Ich meine, das ist ja wohl ziemlich armselig.«

»Cades Dad hat Eddies Kaution bezahlt?«

»Sieht ganz so aus. Ich meine, Cade hätte ja wohl kaum das nötige Kleingeld. Eddie mag vielleicht das Zeug zum Verbrecher haben, aber wenn er nicht bei den Richmans eingebrochen ist, dann sollte er dafür auch nicht in den Knast wandern …«

»Ich weiß!«, rief Cam und kramte in ihrem Rucksack nach ihrem Handy. »Manda.«

»Was ist mit Manda?«, fragte Alex verärgert, weil Cam das Thema so rasch gewechselt hatte.

»Die hat's doch mit diesem ganzen alternativen Kram – vor allem mit Kräutern.«

»Aber sie ist keine Hexe«, erinnerte Alex sie.
»Fällt dir was Besseres ein? Vielleicht sollten wir bei Karsh anrufen. Hast du mal grad die Nummer da? Oder Ileanas? Ich würde sie ja gerne um Rat fragen, aber irgendwie glaube ich nicht, dass sie im Telefonbuch stehen.«
Das Handy klingelte just in dem Moment, in dem Cam es gefunden hatte. »Amanda?«, fragte sie.
»Tja, tut mir leid, das ist ein fetter Psycho-Power-Aussetzer«, sagte Bree und lachte. »Aber du kriegst zumindest die halbe Punktzahl. Sie ist hier. Wir sind bei Sukari. Zeit für heiße Nachrichten. Jemand aus der Schule hat Eddies Kaution gezahlt …«
»Hab ihn schon getroffen. Hab schon mit ihm geredet. Grade eben«, erklärte Camryn. »Gib mir mal Manda, bitte.«
Alex verdrehte die Augen und ließ sich auf ihr Bett plumpsen. Doch sie sprang sofort wieder auf. Der Kristall, den Karsh ihr nach Saras Beerdigung gezeigt hatte … als er gesagt hatte, dass aus Alex eine hervorragende Heilerin werden könnte … wo war der? Hatte sie ihn nicht in ihrer Sporttasche gesehen?
Während Cam Amanda ausquetschte, durchsuchte Alex die abgewetzte Stofftasche, die Karsh für sie gepackt hatte. Und fand den schimmernden rosa Halbedelstein.
Sie nahm ihn heraus und fühlte, wie er sich in ihrer Hand erwärmte. Er erinnerte sie an jenen schrecklichen Tag, an die Beerdigung, den schmerzhaften Abschied von Sara … Zärtlich rieb Alex mit dem Daumen über den warmen Kristall. Und musste mit einem Mal an Veilchen denken – Saras Blume.
Veilchen, Minze und Kamille, hörte sie. Karshs knarzende Stimme flüsterte die Namen all dieser Heilpflanzen. *Rosmarin für Zufriedenheit. Salbei natürlich. Der Name kommt aus dem Lateinischen und bedeutet Heilen. Thymian, um Mut zu fördern.*

Die Stimme veränderte sich abrupt. *Himmel!* Diese gereizte, summende Beschwerde kam zweifellos von Ileana. *Jetzt krieg deine Schwester endlich vom Telefon weg. Sofort. Sie weiß, wo diese Kräuter wachsen.*

»Und wer ist der Junge?«, fragte Alex und drehte sich langsam im Kreis, blickte durch das Zimmer, suchte die Decke ab.

Bin ich die Auskunft, oder was? Ileana klang empört. *Streng deine grauen Zellen mal ein bisschen an. Lass deine Finger die Arbeit machen. Versuch's mal mit dem Telefonbuch.*

»Entschuldige bitte, aber was machst du da eigentlich?« Cam hatte ihre Hand über die Sprechmuschel gelegt. Beunruhigt starrte sie Alex an.

»Leg auf«, befahl Alex. »Und zwar gleich!« Sie stürzte sich auf den dicken Block der Gelben Seiten, der in Cams Nachttisch verstaut war, und suchte darin hastig blätternd nach Krankenhäusern.

Cams graue Augen funkelten widerspenstig. Doch sie sagte: »Danke, Manda. Ich glaube, ich hab mir alles gemerkt. BDTF!«, und schaltete ihr Handy aus.

»BDTF?« Alex hob den Blick nicht vom Telefonbuch.

»Bis die Tage, Freundin«, erwiderte Cam kühl. »Amanda empfiehlt Kamille, Minze und Thymian.«

Alex verbarg ihre Überraschung. »Drei von sechs. Gar nicht übel«, sagte sie gelassen. »Hat sie dir auch gesagt, wo das alles wächst?«

»Das weiß ich alleine«, behauptete Cam. »Ich zeig's dir.«

Am späten Nachmittag war es im Mariner's Park sehr friedlich. Obwohl es noch hell war, gingen die Familien, die am Spielplatz und an dem kleinen Teich gewesen waren, gegen sechs

Uhr nach Hause – ebenso wie die Dame- und Schachspieler und die Zuschauer, die jeden ihrer Züge kommentierten. Die Senioren hatten ihre Parkbänke verlassen und die Teenies, die sich nach dem Abendessen dort versammelten, waren noch nicht da.

Alex und Cam gingen eine Weile schweigend den Kiesweg entlang. Sie hatten bei drei Kliniken nachgefragt, deren Nummern im Telefonbuch standen. Und sie hatten ihn gefunden. Der Junge lag im Mount-Bay-Krankenhaus, jener Klinik, in der Amanda im Sommer ein Praktikum gemacht hatte. Sein Name war N. Tung. Nguyen Thanh Tung, ein kleiner Vietnamese. »Wir nennen ihn Nelson«, hatte die Schwester aus der Intensivstation ihnen erzählt. »Das weiß er natürlich nicht. Der niedlichste kleine Kerl, den man sich vorstellen kann, aber er liegt noch immer im Koma. Ich werde ihn vermissen.«

Cam hatte schlucken müssen, sie dachte, die Krankenschwester meinte, dass Nguyen sterben würde – doch dann fügte die Frau hinzu: »Sie verlegen ihn in ein Privatzimmer, sobald eines frei wird.«

»Hier entlang«, sagte Cam und durchbrach die Stille. Sie bogen auf einen Trampelpfad ab, der sich durch Bäume und Dornensträucher zum höchsten Punkt des Parks schlängelte, ein verborgener, mit Gräsern wild bewachsener Hügel, von dem aus man einen atemberaubenden Blick auf den Hafen hatte. Im Mittelpunkt dieses abgeschiedenen Hügels wuchs eine dicke, halb verwitterte Ulme.

An diesem Ort, unter diesem uralten Baum hatte Cam oft Einsamkeit und Ruhe gefunden. Der süße Duft des Thymians, der den Hügel wie einen Teppich bedeckte, erfreute ihre Sinne ebenso wie die Büschel wilder Minze und Kamille und die Veilchen, die sich zwischen die Steine schmiegten und die stacheli-

gen Rosmarintriebe … Lindernde Kräuter und Wildblumen, die Cam bis zum heutigen Tage einfach als angenehm duftende Pflanzen betrachtet hatte, sie wucherten hier üppig.
Ob sie Musik auf ihrem MP3-Player hörte oder in ihr Tagebuch schrieb oder einfach nur die Wolken beobachtete oder aufs Wasser hinausblickte – dies war einer der wenigen Orte in Marble Bay, an denen Cam sich wohl fühlte, wenn sie allein war. Sie hatte ihr kleines Paradies bisher nur mit einem einzigen Menschen geteilt – mit Alex.
Nun stapften sie unter den dichten Bäumen hervor, um die Kräuter zu sammeln, die sie benötigten.
Doch als Erstes stießen sie auf einen Eindringling.

Cam traute ihren Augen nicht. Doch noch bevor sie den Störenfried klar erkennen konnte, verrieten ihr das halb hinter strähnigen braunen Haaren verdeckte Gesicht und der angespannte, winzige Körper, um wen es sich handelte. Die zwergenhafte Gestalt saß im Gras und lehnte sich an einen Baum – an Cams Baum, an die große alte Ulme, die sie so liebte.
Madison Knudnik wirkte beinahe ebenso überrascht, sie dort zu sehen. Zum ersten Mal war sie nicht lebhaft, hüpfte nicht herum und kreischte auch nicht in dem ihr eigenen Tonfall. Sie grübelte. *Das ist doch keine Aufgabe für einen Mann*, hörte Alex sie düster sagen, bevor Madison sie entdeckte und was auch immer das Mädchen sonst noch gedacht hatte wieder in Rauschen versank.
Madison erhob sich hektisch. »Wow, Leute, das ist ja irgendwie total … wie soll ich sagen? Ich wusste gar nicht, dass noch irgendjemand von diesem Ort hier weiß. Na ja, andererseits wundert es mich auch nicht.« Sie schlug sich gegen die Stirn.

»Dass ihr das hier kennt, meine ich. Aber ich muss schon sagen, ihr habt mich echt erschreckt, als ihr da plötzlich unter den Bäumen hervorkamt.«
Cam glaubte ihr. Madison wirkte aufrichtig überrascht. Und Cam stellte fest, dass »aufrichtig« normalerweise kein Wort war, das sie im Zusammenhang mit dem Maus-Mädchen verwenden würde.
Doch Alex war nicht so überzeugt. »Woher wusstest du, dass wir herkommen würden?«, fragte sie.
»Sag mal«, flötete Madison. »Hörst du mir denn gar nicht zu? Ich hab doch gerade erzählt, Alexandra, dass ihr mich zu Tode erschreckt habt. Ich hatte keine Ahnung, dass ihr herkommen würdet …«
»Und was hast du dann damit gemeint, dass es dich nicht wundert?«, stocherte Alex weiter.
»Na ja, alle wissen doch, dass dieser Ort … ein … ihr wisst schon, eine Art geschichtsträchtiger …«
»Ich habe zeit meines Lebens in Marble Bay gewohnt«, erklärte Cam dem Mädchen, »aber das hat mir noch nie jemand erzählt.«
»Haaach, dann hab ich mich wohl vertan. Du weißt das natürlich so was von besser als ich. Ich hab das wohl mit irgendeinem anderen Ort verwechselt.«
»Und wofür ist dieser andere Ort berühmt?«, beharrte Cam.
»Gott, ich bin total zu spät dran!« Madison warf einen Blick auf die riesige Uhr, die locker um ihr dünnes Handgelenk hing, und wich langsam zurück. »Zeit für's Abendessen. Ich muss dann mal. Wir sehen uns in der Schule, Leute.«
Cam und Alex starrten ihr nach, Hunderte von Fragen jagten durch ihre Köpfe, als Madison von dannen huschte und wie ein flüchtendes Tier zwischen den Dornensträuchern verschwand.

Kapitel 16

DIE ENTSCHEIDUNG

Karsh blieb stehen, um an der Winterminze zu riechen, die in kniehohen Büscheln hinter Ileanas kleinem Haus wuchs. Er hielt sich an dem Spalier fest, das er vor mehr als einem Dutzend Jahren für Ileana gebaut hatte, als sie zum Vormund der Zwillinge ernannt worden war. Der jüngste Vormund, den es in der Geschichte von Coventry Island je gegeben hatte. Auf seinen Vorschlag hin.

Rhianna, Grivveniss, Karkum, Shiva und der alte Cho, der in der Zwischenzeit verstorben war, hatten ihn für völlig verrückt erklärt. Vielleicht hatten sie Recht, gestand Karsh sich ein. Vielleicht war er verrückt vor Schmerz darüber gewesen, was Aron widerfahren war. Und Miranda.

Er hatte die Ratsversammlung beruhigt, in deren Vorstand er damals saß – war es wirklich erst zwei Jahre her, dass er von seinem Posten zurückgetreten war? Nun ja. Er hatte geschworen, dass Ileana sich ihres Vertrauens würdig erweisen würde, obschon sie damals so jung war, nur ein Jahr älter als die Zwillinge nun bald werden würden, bemerkte Karsh.

 Bald, sehr bald – genauer gesagt nächste Woche – würden sie ihren fünfzehnten Geburtstag feiern. Der Beweis dafür, dass er keinen Fehler begangen hatte, als er Ileana zu ihrem Vormund ernannt hatte, auch wenn er vielleicht zu jener Zeit durch seine Trauer verwirrt gewesen war. Schließlich hatten die beiden überlebt. Nicht nur das, sie waren auch prächtig gediehen. Und schon bald würden sie sich auf ihre feierliche Aufnahme in den Kreis der Hexen und Magier vorbereiten.

Karsh seufzte und richtete sich wieder auf. »Ileana?«, rief er. »Seid Ihr im Garten?«

»Karsh, Karsh, ich hab's geschafft! Ich habe Eure Stimme perfekt nachgeahmt«, erwiderte sie freudig. »Nicht so vollkommen, als wenn ich Eure Gestalt angenommen hätte, aber sie haben mich trotzdem für Euch gehalten. Zumindest Artemis – bis meine Ungeduld mich verraten hat. Sie war diejenige, zu der ich gesprochen habe. Hört mal.«

Durch die Lorbeerhecke konnte er ihre mit Sandalen bekleideten Füße auf dem Tisch erkennen, den sie vom Festland herübergeschafft hatte. Ileana hatte das schmiedeeiserne »Gartenset« über eine Internetseite bestellt, die sich Hollywood-Schick nannte – und als Karsh wegen des Preises erschrak, hatte sie ihm einen Vortrag über Stilempfinden und Eleganz gehalten. All dies geschah natürlich direkt im Anschluss an ihre Reise nach Los Angeles. Wo sie sich nicht nur in »Eleganz« verliebt hatte, sondern auch in Brice Stanley, den gut aussehenden Hexer, der zum Filmstar geworden war.

Ileana stellte ihren Laptop auf den Tisch und erschreckte damit ihren Kater Boris, der sich dort faul gesonnt hatte und nun die Flucht ergriff. Als Karsh näher kam, eilte sie ihm entgegen. »Veilchen, Minze und Kamille«, sang sie in einem seltsamen, krächzenden Tonfall. »Salbei, dessen Name vom lateinischen Wort für Heilung abgeleitet ist. Thymian, der Mut fördert.«

»So höre ich mich an?«, fragte Karsh belustigt.

»Genau so«, versicherte Ileana.

»Nun, ich bin beeindruckt …«
»Von meiner Vorstellung?«
»Davon, dass Ihr Euch an das erinnert, was Ihr über Heilkräuter gelernt habt. Aber Ihr hättet ihnen auch noch weiterhelfen können …«
»Weshalb? Ihr selbst habt mich immer meine eigenen Erfahrungen machen lassen. Sicher entstammen die jungen Damen einem edlen Geschlecht, aber selbst Prinzessinnen lernen durch Übung. Was die Kunst der Verwandlung betrifft zum Beispiel, so meine ich …«
Erschöpft schnitt Karsh ihr das Wort ab. »Wahrlich, Ileana, ich bin sehr beeindruckt von Eurer Kenntnis der …«
»Heilpflanzen und Botanik! Puh!« Ihre grauen Augen funkelten wütend. »Ich habe ihnen nur geholfen, um meine Kenntnisse der Täuschung zu vervollkommnen, Euch zu beweisen, dass ich so weit bin. Ich will mich verwandeln – wie ein Mächtiger. Wie Ihr! Es ist mir egal, was die anderen davon halten, zum Beispiel auch sie. Ich will es lernen.«
Karsh humpelte durch den Bogengang in der Hecke. Unerwartet hakte Ileana sich bei ihm ein und geleitete ihn zu einem ihrer eleganten Versandhaus-Stühle. »Ihr spielt womöglich auf Lady Rhianna an?«, fragte er und ließ sich vorsichtig auf das kalte Metall sinken.
Ileana sah sich in ihrem baumbestandenen Garten um und blickte dann prüfend zum Himmel hinauf, um sicherzustellen, dass keine unliebsamen Überraschungen angesegelt kommen würden. »Lady Kartoffel.« Obschon niemand in Sichtweite war, flüsterte sie. »Meinetwegen kann sie sich rösten lassen. Mit geschmolzenem Käse und Schnittlauch! Die Mädchen – meine Mädchen«, betonte sie, »stecken in Schwierigkeiten. Thantos hat jemanden geschickt, der sie schnappen soll. Vielleicht hat er

sich auch selbst verwandelt! Das stellt ja für einen Mächtigen keine große Schwierigkeit dar. Vielleicht hat Thantos ja niemanden geschickt. Vielleicht hat er höchstselbst die Gestalt des Boten angenommen.«

Karsh starrte auf Ileanas Computer. Da war es, schmückte den Monitor: Das 3-Brüder-Logo. Thantos' mächtige Firma hatte den Apparat hergestellt und wahrscheinlich auch die meisten Programme, die darauf liefen. So reich und doch so gierig, dachte Karsh.

Ileana stampfte herüber und schaltete den Laptop aus. »Na schön, ich schreibe E-Mails an Brice in Los Angeles. Und? Wir haben halt Kontakt zueinander. Dann und wann. Ist das denn ein Verbrechen?«

»Wisst Ihr, wer diesen Computer gespendet hat, ebenso wie alle anderen, die sich auf der Insel befinden?«, fragte Karsh.

»Jetzt wechselt nicht das Thema. Ich sagte gerade, dass Thantos sich vielleicht in den Boten verwandelt hat! Und seien wir ehrlich, Karsh: Ihr seid viel zu alt, um es mit ihm aufzunehmen. Ich hingegen …«

»Er würde nicht als Bote auftreten«, sagte Karsh. »Lord Thantos ist ein viel beschäftigter Mann. Ein Hexer, der es gewohnt ist, ›Verantwortung zu delegieren‹. Andere für sich einzuspannen … für seine Drecksarbeit auszunutzen.«

Neugierig betrachtete Ileana den alten Karsh. Schärfe klang in seiner rauen Stimme, ein bitterer Zorn, den sie nur selten vernommen hatte. Wovon redete er, an welche lang vergangene Zeit erinnerte er sich? Welch schreckliche Drecksarbeit hatte Thantos jemand anderem aufgetragen?

»Lord Karsh«, sagte Ileana sanft. Er wirkte so schwach, so zerbrechlich. Ohne nachzudenken ließ sie sich auf den Boden nieder und kniete vor ihm – ungeachtet des seidenen Kleides, das sie trug … Aber für eigennützige Gedanken war jetzt kein Platz – zum ersten Mal in ihrem Leben, wie sie bemerkte.

»Was stimmt Euch so … traurig, Lord Karsh?«, fragte Ileana mit solch zarter Zuneigung, dass es das Herz des alten Mannes rührte.

»Ihr habt Recht«, erwiderte er. »Ich bin viel zu alt.« Er nahm ihre Hand, zog Ileana empor und erhob sich dann langsam selbst. »Ich kann es nicht mit Lord Thantos aufnehmen. So wollen wir hoffen, dass ich noch immer Lady Rhianna bezaubern kann. Sie wird außer sich sein vor Zorn …«

»Ihr werdet mich die Kunst der Verwandlung lehren!«, rief Ileana aus.

»Jawohl, meine tapfere Drachentöterin.« Karsh rieb seine trockenen, pergamentenen Handflächen gegeneinander. »Holt die nötigen Kristalle und Kräuter herbei. Lasst uns unverzüglich beginnen …«

Kapitel 17

DIE MUMIE

»Hoffentlich ist das kein schlechtes Omen«, sagte Amanda und übergab Cam im Gang vor den Schließfächern ihre Praktikanten-Uniform. »Guck mal.« Auf der Innenseite des rosa Kittels war ein Stempel: EIGENTUM DES MBK. »Mount-Bay-Krankenhaus. Ich hab einfach total vergessen, das wieder abzugeben.«

»Deshalb waren also letzte Woche die Bullen hier«, neckte Sukari sie. »Hah! Und ich dachte, dass sie Eddie Robins festnehmen wollten.«

»Wenn diese Aktion in die Hose geht, kommen sie vielleicht wieder, um Cam zu verhaften«, grummelte Beth, die einen Augenblick lang vergaß, dass sie Verschwiegenheit geschworen hatte.

»Aktion? Was denn für eine Aktion?« Beths Schnitzer ließ Bree sofort ein Gerücht wittern.

Alex trat dazwischen, während Beth versuchte, sich rauszureden: »Aktion? Wer hat denn irgendwas von Aktion gesagt? War ich das?«

»Na vielen Dank, Beth.« Alex setzte einen empörten Gesichtsausdruck auf. »Jetzt wissen alle, was Cam Halloween anziehen will.«

Brees Augen verengten sich misstrauisch. »Das glaub ich nicht«, sagte sie schließlich. »Als ob Cam zu ihrer eigenen Geburtstagsparty in einem Kittel auftauchen würde! Niemals.«

»Alex sollte mein schwerkranker Patient sein«, beharrte Cam und bemühte sich, ernst zu bleiben. »Stimmt doch, oder, Als?«

Alex nahm eine Tasche aus ihrem Schließfach und zog endlose Mullbinden daraus hervor. »Tja, die Idee können wir dann wohl begraben«, sagte sie. »Da müssen wir uns was Besseres einfallen lassen, Schwesterherz.«

Sie grinsten sich an.

Es war Mittwoch. Emily traf sich mit den Frauen ihres Buchklubs. Dave nutzte die Gelegenheit, um zu Hause ein bisschen für die Kanzlei zu arbeiten. Dylan hatte sich nach der Schule mit seiner Clique am Eisring verabredet. Und Cam und Alex wollten angeblich mit Beths Familie essen.

Es war also alles genau ausgetüftelt. Mrs Fish würde sie von der Schule abholen und sie am Mount Bay Krankenhaus absetzen, wo, wie Beth ihrer Mutter erklärt hatte, sie an einer Halloween-Party für die Patienten teilnehmen sollten.

»Aber als was gehst du denn?«, fragte Beths Mom ihre Tochter, als das Trio auf den Rücksitz des Jeeps der Familie kletterte – Cam in ihrem Praktikantinnen-Kittel, Alex, deren Kopf und Arme in Verbandsmaterial eingewickelt war, als sei sie eine Mumie, und Beth in den Klamotten, dem Rucksack und den Sportschuhen, die sie auch schon zur Schule getragen hatte.

»Als Besserverdiener-Kid«, murmelte Alex durch den Verband hindurch.

»Ach, so wie Cade, oder was?«, schoss Beth zurück.

Alex zuckte zusammen.

Cam gab Beth einen Stoß mit dem Ellenbogen. »Lass gut sein. Du weißt doch, dass sie nicht mehr mit ihm redet.«
»Das schon, aber ich weiß nicht warum.« Beth klang beleidigt. »Oder warum ich euch warnen soll, wenn ich ihn irgendwo im Krankenhaus sehe.«
Sie hatten Beth erklärt, welch entscheidende Rolle sie bei der ganzen Sache spielen würde. Zumindest Cam war dieser Meinung.
»Was, wenn das eine Falle ist?«, hatte Cam Alex in der vorletzten Nacht gefragt. »Was, wenn Thantos' Bote uns nur allein erwischen will, im Krankenhaus, wo wir niemanden so richtig kennen?«
»Wir werden schon irgendwie damit fertig«, hatte Alex versprochen. »Wir brauchen nur einen Späher, jemanden, der Schmiere steht …«
»Und wonach soll der Ausschau halten?«
»Du weißt schon. Nach äh … nach Boten halt«, hatte Alex unsicher geantwortet.
Nachdem sie sich eine Stunde lang gezankt hatten, waren drei mögliche Verdächtige aufgestellt: Cade (Cams Favorit), Mr Shnorer (Alex' Kandidat) und zu guter Letzt Madison (einstimmig nominiert).
Was den Späher anging, so hatten sie beschlossen, dass Dylan schon genug Probleme am Hals hatte. Er konnte es sich nicht leisten, in einen weiteren riskanten Plan verwickelt zu werden. Also blieb nur Beth.
Die sich genau in diesem Moment, auf dem Rücksitz des Jeeps, vollkommen querstellte, weil die Zwillinge sie um Hilfe gebeten hatten, ohne ihr zu erklären, was eigentlich abgehen sollte.
»Schließlich«, beschwerte sie sich gerade, »bin ich nur dein ergebener Diener, Camryn, und das, wo ich mal deine engste

Vertraute war.« Sie beugte sich nach vorn und erklärte ihrer Mutter: »Ich gehe als ergebener Diener, Mom. Mein Kostüm ist schon im Krankenhaus.«
»Vertraute? Nachdem du dich gerade eben bei Bree noch so verplappert hast?«, fuhr Alex sie an.
»Wie oft soll ich mich denn noch entschuldigen?«, fragte Beth. »Das war keine Absicht. Mein Fehler. Tut mir leid.«
»Bethie, du bist meine Vertraute und die allerbeste Freundin, die ich auf dieser Welt habe«, versicherte Cam. »Und ich bin dir auch total dankbar für deine Hilfe.«
»Ich auch«, sagte Alex. »Also dankbar. Trotzdem ist mir im Moment nicht danach, über Cade zu sprechen. Er … er ist einfach nicht derjenige, für den ich ihn gehalten habe.«
»Ich hoffe, dass er nicht derjenige ist, für den ich ihn halte«, murmelte Cam. »Hast du Madison in den letzten Tagen mal gesehen, Beth? Wir haben Englisch zusammen, aber sie ist da schon lange nicht mehr aufgetaucht …«
»Nein, aber jetzt wo du's sagst … Sie hat mir seltsamerweise eine E-Mail geschickt. Anscheinend ist sie krank …«
»Und wieso ist das so seltsam?«, fragte Cam.
»Weil ich ihr nie meine Mail-Adresse gegeben habe. Na, jedenfalls hat sie geschrieben, dass sie total aus dem Häuschen ist wegen deiner Party und sie wollte wissen, was für Kostüme wir uns alle ausgesucht haben. Ihr wisst schon: Wer geht als was? Sie hat gesagt, dass sie auf jeden Fall kommt – egal, wie krank sie ist.«
»Apropos Englischunterricht«, sagte Alex. »Shnorer hat heute auch blaugemacht. Amanda hat gesehen, wie er ins Büro von Mrs Hammond gegangen ist, um sich abzumelden. Und außerdem war er offenbar ziemlich sauer über irgendwas. Und wir hatten Vertretung …«

Beths Mutter lenkte den Wagen in die runde Auffahrt der Klinik und hielt an, damit die Mädchen aussteigen konnten. »Wenn ihr nach Hause wollt, dann ruft einfach an und ich komme euch eine Viertelstunde später holen, in Ordnung? Küsschen, Elisabeth. Viel Spaß ihr drei!«

Sie warteten und winkten, bis das Auto außer Sichtweite war. Dann holte Cam tief Luft und sagte: »Okay. Alex und ich starten in der Notaufnahme und versuchen, uns einen Rollstuhl unter den Nagel zu reißen. Beth, du findest in der Zwischenzeit raus, wo genau der Junge liegt. Welches Stockwerk. Er heißt Niu-jon ...« Sie sprach es genauso aus, wie die Frau an der Rezeption, mit der sie telefoniert hatte. »Aber die Schwester hat gesagt, dass sie ihn Nelson nennen ... Nelson Tung.«

Der Eingang zur Notaufnahme lag an der Hinterseite des Krankenhauses. Während Beth durch die Haupttür in Richtung Informationsschalter eilte, humpelte Alex wie geplant an Cams Arm um das Gebäude herum.

»Habe ich auch alles?« Nervös klopfte Cam auf die vollgestopften Taschen an Amandas Kittel. »Die Kräuter. Deinen Kristall. Den Zauberspruch, den wir uns ausgedacht haben. Oder hast du den? Ist egal, ich kann ihn ohnehin auswendig.«

Sie waren inzwischen auf dem Parkplatz für die Krankenwagen angekommen. Auf einer Rampe stand ein Rollstuhl bereit. Cam rannte die Stufen hinauf, um ihn sich zu holen, während Alex wartete und sich hinter einem Fahrzeug versteckte.

»Hey!« Ein Fahrer schoss aus dem benachbarten Wagen und schnipste einen glühenden Zigarettenstummel auf den Boden. Hinter seinem Ohr klemmte noch eine Kippe in Reserve. »Das ist Eigentum des Krankenhauses. Finger weg, Süße.« Rauch kam aus seinem Mund, als er Cam anschrie.

Alex brüllte zurück: »Und auf dem Schild da steht ›Rauchen

verboten. Explosionsgefahr‹«, teilte sie ihm mit und zeigte auf die Wand des Gebäudes.

Der Mann starrte sie überrascht an. »Was ist das denn hier? Die Nacht der lebenden Toten?«, knurrte er. »Halloween ist erst übermorgen, Kleine.«

»Da haben Sie sich wohl vertan«, sagte Cam plötzlich und heftete ihre Augen auf die Zigarette hinter seinem Kopf.

»Ich hab gesagt, du sollst dich verziehen. Soll ich die Polizei rufen? Glaub mir, du spielst mit dem Feuer!«

»Himmel, Cam. Er hat's erfasst.« Alex lachte.

»Nicht in dem Ton, Süße.«

»Sie kann nichts dafür«, erklärte Cam, deren Augen sich mit brennenden Tränen füllten. »Wir sind Zwillinge.«

»Lass gut sein, Cami. Der Typ hat doch den IQ eines Tischventilators.«

»Jetzt reicht's aber«, knurrte der Mann wütend.

Plötzlich zeigte Cams Blick Wirkung und die Zigarette hinter dem Ohr des Fahrers begann zu brennen. »Wie wünschen Sie Ihr Ohr? Gut durchgebraten, medium oder roh?«, fragte Alex.

Beth wartete an den Aufzügen auf sie. »Fünfter Stock, Zimmer fünfhundertelf«, teilte sie ihnen mit. »Ich begreife es ja immer noch nicht. Ihr hattet eine Eingebung, dass der kleine Junge, Nelson oder wie er heißt, eure Hilfe braucht, oder was?«

»Wie sehen wir aus?«, wechselte Alex das Thema.

»Wie eine Praktikantin, die eine geistesgestörte Mumie durch die Gänge rollert.«

»Ich hab mein Handy dabei«, sagte Cam. »Vergiss nicht anzurufen, falls …«

»Ich weiß, ich weiß«, seufzte Beth schicksalsergeben. »Falls Madison, Shnorer oder Cade hier auftauchen.«

Kapitel 18

DIE DREI VERDÄCHTIGEN

Er war schon da.

Sie bemerkten ihn nicht sofort. Das Erste, was ihnen ins Auge fiel, als Cam Alex in ihrem Rollstuhl in das Zimmer Nummer fünfhundertelf schob, waren so viele Blumen in Vasen und Töpfen, dass man damit einen ganzen Garten hätte bestücken können.

Eine kleine, rundliche Frau, deren Augenringe beinahe dieselbe Farbe hatten wie ihr grau meliertes schwarzes Haar, war mitten in diesem bunten Dschungel versteckt. Sie saß neben einem Krankenhausbett, hielt die schlaffe Hand eines kleinen Jungen und redete leise zu ihm.

Schläuche und Drähte verbanden den Körper des Kindes, seine Arme, Brust und den bandagierten Kopf mit den Kontrollgeräten, die an der Wand hinter ihm standen und teilweise von einer Vase mit leuchtend orangefarbenen Blumen und riesigem tropischem Farnkraut verdeckt wurden.

»Sind Sie Mrs Tung?«, fragte Cam sanft.

In diesem Moment bemerkte Alex, dass er im Zimmer war.

Cade.

Es war halb verdeckt von einem riesigen Ficus, der neben dem Krankenbett stand und der mit einer großen roten Schleife verziert war. Cade lehnte am Fenster und hatte seinen Kopf gegen die Scheibe gedrückt.

Als er Cams Stimme hörte, wandte er sich um. Alex senkte den Kopf und tat so, als schliefe sie, in der Hoffnung, dass er sie nicht erkennen würde, dass keine blaue Haarsträhne aus ihrem Verband lugte.

»Alex?«, fragte er sofort. Doch er blickte Cam an.

Cam erschrak. »Was machst du denn hier?«

»Du zuerst«, sagte er. »Du bist gar nicht Alex. Du bist ihre Schwester, stimmt's? Ihre Zwillingsschwester.«

»Camryn«, gestand Cam. »Ich … ich arbeite hier.« Wie zum Beweis strich sie über ihren rosa Kittel.

»Als was denn?«

Die Mutter des Kindes blickte zwischen ihnen hin und her, von Cam zu Cade, und versuchte zu verstehen, worüber sie sich wohl unterhielten. Offensichtlich waren ihre Englischkenntnisse nicht besonders gut.

»Ich mache ein Praktikum«, sagte Cam ruhig. »Ich wollte gerade diese Patientin auf ihr Zimmer bringen.« Sie warf einen Blick auf Alex, die ihren bandagierten Kopf auf die Brust hatte sinken lassen. »Aber ich habe mich wohl mit der Zimmernummer vertan.«

»Aha. Macht ja nichts«, sagte Cade. Dann wandte er sich an Mrs Tung, sprach sehr langsam und machte erläuternde Handbewegungen: »Ich hole den Arzt, okay? Frage ihn, wie es Nguyen geht. Dieses Mädchen – aus meiner Schule. Eine Freundin.« Er nickte Cam zu und ging aus dem Zimmer, ohne die Mumie im Rollstuhl weiter zu beachten.

»Er ist es nicht. Er ist nicht der Bote«, sagte Alex eindringlich, sobald er den Raum verlassen hatte und die Tür hinter ihm ins Schloss gefallen war.

Cam zögerte. Auch sie hatte nur ehrliche Schwingungen von Cade empfangen. Aber was hatte er hier verloren?
Er fühlt sich schuldig, antwortete Alex. *Das Auto gehörte seiner Schwester. Möglicherweise saß sie am Steuer.*
»Und wenn er gefahren ist?«, flüsterte Cam. »Was dann?«
»Er hat gar keinen Führerschein«, erwiderte Alex. Sie wollte nicht darüber nachdenken. Ein Blick auf ihn und sie hatte wieder den Boden unter den Füßen verloren. Sie spürte, wie ihr Zorn und ihr Misstrauen zusammenschmolzen, wie ihr Herz weich und warm wurde. Aber hatte Cam Recht? Was tat er hier?
Cam lächelte und nickte Mrs Tung zu. »Tja, haben wir eigentlich einen Ausweichplan?«, fragte sie Alex leise. »Ich hab gar nicht darüber nachgedacht, dass seine Mom oder sonst irgendjemand vielleicht hier sein könnte. Wir sollten wohl besser wieder gehen.«
»Aber nein!«, widersprach da eine knarzige Stimme hinter ihnen. »Bin ja schon da. Ich rede mit Mrs Tung.«
»Doc! Ich meine, Karsh!« Dort, wo ihr Arm seinen gestärkten Arztkittel gestreift hatte, verspürte sie ein seltsames Kribbeln.
»Ganz genau«, erwiderte er. »Und was bitte sollst du darstellen?«, fragte er Alex in einem sehr Doc-untypischen, sarkastischen Tonfall. »Dann wollen wir hoffen, dass sich so schnell keiner das Knie aufschlägt … wie's aussieht, gibt es wahrscheinlich in der ganzen Stadt kein Verbandsmaterial mehr.«
Er kehrte ihr den Rücken zu und wandte sich an die Mutter des Jungen. »Madame Tung«, nannte er sie und verneigte sich. Dann sprach er flüssig in einem asiatischen Dialekt zu ihr und die dankbare Frau antwortete ihm rasch. Im Handumdrehen waren Doc und sie draußen.
Alex sprang aus dem Rollstuhl und schälte sich aus ihrem Ver-

band. Cam hatte die Tür sorgfältig geschlossen und leerte nun ihre Taschen, legte das kleine Gefäß mit den zermahlenen Kräutern, den Veilchenstrauß, Alex' rosa Kristall und den Zettel, auf den sie ihren Zauberspruch geschrieben hatten, ans Fußende des Bettes – und zwei Aromakerzen, von denen eine die Aufschrift ROMANTIK trug.

Schaffen wir das?, fragte sich Alex und betrachtete zum ersten Mal das kranke Kind. Der kleine Junge war sehr blass. Sie konnte die blauen Adern unter seiner fahlen Haut erkennen. Seine Lippen waren ausgetrocknet, geschwollen und rissig. Einen Moment lang schloss sie die Augen. *Oh bitte, bitte, hilf uns*, dachte sie.

Hilf uns, dir zu helfen, fügte Cam hinzu und starrte die gelblich verfärbten Prellungen des Kindes an.

»Na dann wollen wir mal, was meint ihr?« Doc war wieder im Zimmer erschienen und rieb sich die Hände. Seine Finger, normalerweise knochig und stark, schienen heute eine Spur schmaler zu sein – oder bildete Alex sich das nur ein? »Das war doch wohl noch nicht euer Zauberspruch?«, fragte er seufzend. »Ich hab schon mal bessere von völlig untalentierten Anfängern gehört.«

Sie hätten sich nur ein bisschen aufgewärmt, erklärte Cam trotzig. Alex nahm nun den Kristall in die Hand, der sich sofort erwärmte. Cam hielt die Veilchen, die sie dem kleinen Jungen eigentlich unter die Nase hatte halten wollen – da er aber an einem Beatmungsschlauch hing, wusste sie nicht so genau, was sie jetzt mit den kleinen Blüten machen sollte. Cam und Alex hielten sich an den Händen und sahen unsicher auf die Worte ihres Zauberspruchs.

Karsh mischte sich ein und wies sie an, auch den Jungen an die Hand zu nehmen. »Die heilende Kraft wird von euch ausgehen.

Durch euch hindurchfließen. Ich kümmere mich um das Zubehör.« Er streckte die Hand aus – die weitaus zarter wirkte, als Alex sie in Erinnerung hatte – und sie legten ihre magischen Mittel hinein.

»Seht ihn genau an«, befahl Karsh. »Lauscht dem Blut, das durch seine Adern pulsiert. Spürt auf, was sein Körper braucht. Und lest in seinen Gedanken. Bietet ihm eure Stärke für seine Schwäche.«

Doch das taten sie bereits. Sobald sie den Jungen mit ihren Händen berührt hatten, wurden sie von Bildern und Geräuschen bestürmt. Der fein geäderte Bruch, der über seinen Schädel lief. Die zwei zerschmetterten Rippen, deren Spitzen in die Lungen stachen. Die roten Bakterien, die sich wie eine Armee von Termiten in seinem zerquetschten Knöchel stauten.

Der zerschlagene Junge konnte nicht sprechen, doch sein ganzes Ich raunte leise. Und die Gedanken, die trotz allem durch seinen Kopf strömten, waren heil und gesund und verzweifelt.

»Nicht schlecht.« Karsh lachte. »Bisschen eingebildet, der Teil mit ›unsrer Erde‹, aber nicht schlecht.« Er überflog gerade ihren Zauberspruch. »Eine hübsche kleine Beschwörung. Na, dann sagt euer Sprüchlein mal auf.«

Alex begann: »*Großer Kosmos voller Güte …*«

»Jetzt bräuchte ich wahrscheinlich die Kräuter.« Cam streckte ihre Hand aus und Karsh, der stolz grinste, ließ die grünen Blättchen hineinrieseln. »Nimm unsrer Erde …« Karsh schüttelte den Kopf. »Äh … nimm dieser Erde heilende Blüte«, verbesserte sich Cam und streute das duftende Pulver über Nguyens Bettdecke. »Schenk diesem Kinde Lebensmut …«

»Durch Zaubermond und Sonnenglut«, ergänzte Alex.

»Und jetzt!«, rief Karsh und hob die Hände.

Mit einem Mal wurden die Zwillinge von einer unwiderstehlichen Kraft aneinandergezogen. Alles geschah so rasch, dass sie mit den Köpfen zusammenstießen – direkt über dem armen Nguyen.

»Die Amulette!«, rief Cam.

»Wir hängen fest«, bemerkte Alex und verspürte das mächtige Ziehen der goldenen Kette in ihrem Nacken und die Hitze, die von den miteinander verbundenen Schmuckstücken aufstieg.

»Hilfe!«, quietschte Cam.

»Vergesst nicht eure Aufgabe«, mahnte Karsh. »Konzentriert euch auf das Kind!«

Und in dieser Haltung, halb über dem Bett hängend und mit aneinandergepressten Gesichtern, versuchten sie es.

Großer Kosmos voller Güte,
nimm dieser Erde heilende Blüte,
schenk diesem Kinde Lebensmut
durch Zaubermond und Sonnenglut.

Die Kontrollgeräte oberhalb des Bettes begannen wie wild zu blinken. Nguyen bewegte sich leicht. »Ich hole seine Mutter«, sagte Karsh und eilte so schnell aus dem Raum, dass die Mädchen sich wunderten, wie seine alten Beine das noch schaffen konnten.

»Halt!«, brüllte Alex, aber er war bereits verschwunden.

»Na super«, grummelte Cam und versuchte, ihre verschränkten Amulette auseinanderzuzerren. »Jetzt sind wir siamesische Zwillinge.«

Sie hörten eine winzige Stimme, die etwas wisperte.

Alex und Cam blickten Nguyen an. Seine Lippen zuckten leicht. Und dann schlug er mit einem Ruck die Augen auf. Er war ebenso verblüfft, sie über sich hängen zu sehen, wie sie es waren, als sie sein plötzliches überraschtes Kichern vernahmen.

Danke, oh, danke! Cam weinte.

»Lass gut sein«, flüsterte Alex, doch auch ihre Augen waren feucht. Und einen Augenblick später sang sie, ebenfalls im Stillen, *Danke, oh, danke.*

Eine Krankenschwester, die an ihrem zentralen Computer die überraschende Besserung in Nguyens Zustand bemerkt hatte, stürzte genau in dem Moment in das Zimmer, in dem Cam und Alex es verließen.

Als sie zu den Aufzügen eilten, kamen sie am Aufenthaltsraum für die Besucher vorbei. Cade saß dort, allein, den Kopf in die Hände gestützt. Instinktiv machte Alex einen Schritt auf ihn zu und hielt dann inne.

»Geh ruhig«, ermunterte Cam sie. »Ich ruf Beth an und sag ihr, dass ich auf dem Weg nach unten bin. Aber … bitte, bitte sei vorsichtig, Alex, wir wissen immer noch nicht, wer der Bote ist.«

Alex umarmte ihre Schwester. »Klar«, versprach sie und betrat dann den Aufenthaltsraum. »Hi«, sagte sie und Cade blickte auf.

»Selber hi. Warst du das eben in dem Mumien-Kostüm?«

Alex lachte. »Ich war ziemlich überrascht, dich da zu sehen.«

Er starrte sie einen Moment lang an und sah dann zum Fenster hinaus. Er begann zu sprechen. »Es war meine Schwester«, sagte er. »Sie war gerade auf dem Weg nach Hause, mit ihrer Mitbewohnerin. Nguyen rannte plötzlich vor ihr auf die Straße und sie konnte nicht mehr rechtzeitig bremsen. Sie hat ihn erwischt. Und dann Fahrerflucht …«

»Das wusste ich irgendwie schon«, gestand Alex und setzte sich neben ihn.

»Aber die Polizei weiß es nicht. Ebenso wenig wie mein Vater – der sie verhaften lassen oder irgendwo in eine Irrenanstalt einsperren würde, wenn er es rauskriegte. Karen steckte immer in irgendwelchen Schwierigkeiten, seit unsere Mutter gestorben ist. Sie ist nie so richtig darüber hinweggekommen, dabei ist das inzwischen schon Jahre her …«

Alex stieß einen Seufzer aus. »Glaub mir, ich kann das gut verstehen.«

Cade wandte sich ihr wieder zu. »Das habe ich irgendwie gefühlt«, sagte er und nahm ihre Hand. »Mein Dad hat viel zu viel auf ihr abgeladen. Auf Karen. Sie war erst dreizehn und er wollte wohl, dass sie einspringt, Moms Stelle einnimmt. Sie sollte die kleine Gastgeberin sein und seine Haushälterin und natürlich eine Art Ersatzmutter für mich. Außerdem hat er damals angefangen, ständig zu verreisen.«

»Das tut mir leid. Aber dennoch …« Alex drückte seine Hand. »Ich meine, was hat das alles denn mit dem Diebstahl und mit Eddie zu tun?«

»Ich habe das Geld genommen«, sagte Cade. »Ich hab's gestohlen – von meinem Dad. Er lässt immer eine Menge einfach so im Haus rumliegen …«

»Aber warum denn?«, fragte Alex. »Hat es irgendwas mit diesem anderen Mädchen zu tun, das mit im Auto war? Saß sie am Steuer?«

»Jennifer? Nein, sie ist nur … ich meine, sie war Karens Mitbewohnerin im College. Jennifer Shepherd. Sie waren befreundet. Aber Karen ist gefahren. Ich wünschte, es wäre nicht so. Aber es war Karen.«

 Alex nickte und schloss die Augen.

Sie schien auf etwas zu lauschen, das Cade nicht hören konnte. Nach einem kurzen Augenblick sagte sie wie in Trance: »Aber diese Jennifer, die Mitbewohnerin, hatte irgendwas damit zu tun, stimmt's? Mit dem Diebstahl.«

Sie hörte einen Streit. Zwei Mädchen, die sich anschrien – wahrscheinlich ging es um den Jungen, dachte Alex.

Wir müssen ihn ins Krankenhaus bringen!

Lass ihn liegen, Karen. Komm schon, wir müssen hier weg.

Nein, das können wir nicht machen. Hilf mir doch, Jennifer. Hast du dein Handy dabei? Ruf einen Krankenwagen. Beeil dich.

Willst du den Bullen erzählen, dass du so schnell gefahren bist?

Bin ich das?

Jetzt komm schon, Karen. Du bist ja völlig durchgedreht. Ich fahre dich jetzt nach Hause. Einer der Scheinwerfer ist gesplittert. Wahrscheinlich ist auch Blut am Auto. Wenn dein Dad da ist, sagen wir einfach, dass du ein Reh erwischt hast oder so was …

Nein. Wir können ihn nicht einfach so hier liegen lassen. Er ist verletzt. Er ist doch nur ein Kind und er ist ernsthaft verletzt.

Reiß dich zusammen, Karen! Ich komme später wieder. Ich kümmere mich um ihn, in Ordnung? Ich kümmere mich um alles. Und jetzt erst mal weg hier!

»Jennifer«, sagte Alex und öffnete unter Aufbietung ihrer ganzen Kraft die Augen. Ihr war schwindelig. In ihren Ohren klingelte es leise. »Jennifer Shepherd. Sie … erpresst deine Schwester.«

Cade nickte bejahend. »Ich bringe ihr jeden Monat Geld. Bargeld. Keine Schecks. Sie hat wieder mit dem College angefangen. Prescott Newton Junior, ganz in der Nähe von Boston. Karen hat abgebrochen. Sie ist zu nichts mehr in der Lage. Sie ist total durch den Wind.«

Jennifer Shepherd, Prescott Newton, speicherte Alex ab.

»Karen hat mir alles erzählt«, fuhr Cade fort. »Ich wusste nicht, was ich machen soll. Also bin ich zum Krankenhaus gefahren. Und ich habe ihn gesehen. Ich habe ihn wiedererkannt. Er ist Vietnamese. Seine Mom ist Köchin für unsere Nachbarn. Nguyen kam sie an den Wochenenden immer besuchen. Ich habe ihm erlaubt, unseren Swimmingpool zu benutzen. Wahrscheinlich war er schwimmen und rannte dann über die Straße zurück zu den Bannisters, wo seine Mom arbeitet. Über die Schotterstraße, die durch den Wald geht. Da fährt so gut wie nie ein Auto …«

»Hast du Nguyens Mutter auch Geld gegeben?«, fragte Alex.

»Für die Krankenhausrechnung. Ihre Versicherung hätte das alles nicht übernommen.«

»Und manchmal auch für Blumen.« Cade zuckte mit den Schultern. »Mrs Tung liebt Blumen. Und wir wechseln uns damit ab, mit Nu zu sprechen, seine Mom und ich und Karen …«

»Deine Schwester war auch hier?«

»Ja. Schon oft. Und auch wenn das nur schwer zu glauben sein mag: Sie findet es genauso scheiße wie du, dass Eddie die Schuld an den Diebstählen zugeschoben wurde. Ich auch«, gestand er. »Aber es ist vorbei. Karen und ich gehen zur Polizei. Ich hatte nur gehofft, dass sich Nus Zustand wieder bessert. Das würde vieles erleichtern. Karen geht es echt mies. Sie wirkt nur dann halbwegs okay, wenn sie seine Hand hält und zu ihm spricht. Manchmal glaubt man fast, dass er sie versteht und dass er irgendwie … sich bemüht, wieder gesund zu werden.«

»Man weiß ja nie.« Alex lächelte ihn an. »Das könnte viel ausmachen.«

Im Erdgeschoss trat Cam aus dem Fahrstuhl. Beth erwartete sie schon. Ungeduldig.

»Kaum zu fassen, oder?« Sie sprang von ihrem Stuhl auf und

wiederholte noch einmal atemlos, was sie Cam schon am Telefon berichtet hatte. »Shnorer und Madison. Sie sind beide hier aufgekreuzt! Shnorer hielt sich die Pfote und jammerte irgendwas von wegen Blutvergiftung – obwohl er am ganzen Körper keinen Kratzer hatte!«
»Und wo steckt er jetzt?«, drängte Cam.
Beth vermutete, dass er in die Notaufnahme gegangen war. Sie hatte das nicht weiter verfolgen können, erklärte sie, denn eine Sekunde später war Madison aufgetaucht. Das Mädchen schien überhaupt nicht verwundert darüber, Beth im Krankenhaus anzutreffen. »Es geht mir schon viel besser, ich bin nur noch mal zur Kontrolle hier«, hatte Madison berichtet. »Mein Fieber ist total gesunken und ich glaube, dass ich partytechnisch startklar bin!«
»Ist das nicht abgefahren?«, fragte Beth. »Ich meine, dass zwei von dreien hier aufkreuzen!«
»Versuch's mal mit drei von dreien«, verbesserte Cam. »Cade ist oben.«
»Was?!« Beth war vollkommen verdattert. »Was machen wir denn jetzt? Soll ich meine Mom bitten uns abzuholen oder bleiben wir noch?«
Der Aufzug machte *Ping!* Sie warfen einen Blick hinüber, die Tür glitt auf und Alex stürmte heraus. »Würde deine Mom uns wohl auch nach Boston fahren, Beth?«, rief sie ihnen entgegen.
»Auf gar keinen Fall«, erwiderte Beth. »Abgesehen davon: Um welche neue Pfadfinder-Aufgabe geht es denn diesmal?«
Alex erwiderte mit einem gemeinen Grinsen: »Jeden Tag eine gute Tat. Und heute mal eine böse!«

Kapitel 19

VORBEREITUNGEN

Ileana gab auf. Das erzählte sie zumindest Karsh. »Ich gebe auf. Ich gebe einfach auf. Ich habe keine Ahnung, wie Ihr es jemals geschafft habt, sie permanent im Auge zu behalten.«
Sie hatte an die Tür geklopft. Natürlich hatte sie nicht darauf gewartet, dass ihr geöffnet wurde. Sie war ins Haus gestürmt, mit wirbelndem Umhang, dicker verschmierter Schminke im Gesicht und einer schief auf ihrem Kopf hängenden schlohweißen Perücke.
Sie sah erschreckend aus. Karsh stockte bei ihrem Anblick der Atem. Ileana, bleich wie der Tod und schrecklich zerknittert.
Sie hatte es offenbar sehr eilig gehabt, wenn sie in diesem Zustand auf die Insel zurückgekehrt war. Ein gutes Zeichen, entschied Karsh, nachdem sich der erste Schock über ihr Äußeres gelegt hatte. Noch nie zuvor hatte Ileanas Eitelkeit es ihr erlaubt, sich anders als perfekt und schön in der Öffentlichkeit zu zeigen.
»Tretet doch ein«, sagte er, obschon sie bereits an ihm vorübergeeilt war und in seinem mit Büchern vollgestopften Wohnzimmer auf und ab ging.
»Zunächst darf ich wohl erwähnen, dass ich fantastisch war. Makellos. Camryn und Alexandra hatten keine Zweifel, dass

Ihr es wart, der ihnen gegenüberstand. Meine Tarnung war perfekt, genial. Und meine Stimme war vollkommen!«

Karsh beobachtete sie. Ileana ging gerade an dem großen Spiegel vorüber, der in einem goldenen Rahmen über dem Kamin hing. Er hoffte, dass ihr Abbild sie nicht noch mehr aus der Fassung bringen würde.

Doch auch das hatte es noch nie gegeben. Er staunte. Sie war einfach vorbeigegangen, hatte nicht einmal einen kurzen Blick in den Spiegel geworfen.

»Nachdem ich den Zwillingen Anweisungen für die korrekte Vorgehensweise des Heilens gegeben hatte, ließ ich sie allein im Zimmer«, erklärte sie, »und weckte die Krankenschwester im Kontrollraum, sodass sie mitkriegte, dass der Junge das Bewusstsein wiedererlangte. Dann sprach ich mit seiner armen Mutter und erklärte ihr, dass sich etwas Wunderbares zugetragen habe, dass sie ins Zimmer ihres Sohnes zurückgehen solle. Und da stand ich dann also – dank Eurer Sturheit kenne ich ja bislang nur die Grundzüge der Verwandlungskunst – in meiner Perücke und diesem deprimierend schäbigen Arztkittel, mit kiloweise Schminke im Gesicht …«

Ileana schritt kreuz und quer über den Perserteppich – der vor langer Zeit einmal ein Flugteppich gewesen war, aber nunmehr, noch älter als Karsh, in den Ruhestand getreten war. »Und dann spürte ich die Kälte«, gestand sie und wirbelte plötzlich herum, »und ich wusste, dass Thantos' Handlanger in der Nähe war, irgendwo im Krankenhaus!« Sie drehte sich um. »AAAAAH!!!«

Der Schrei ließ Karsh die Haare zu Berge stehen und er griff unwillkürlich an sein Herz.

»Seht mich an! Seht doch!«

Jetzt war der Blick Ileanas in den Spiegel gefallen.

»Wie konntet Ihr zulassen, dass ich so herumlaufe?«, griff sie ihn an und scheuerte mit dem Saum ihres Umhangs über ihr Gesicht.

Ihr Schrei hatte ihn tief erschreckt. »Ihr habt den Boten gesehen?«, fragte er eindringlich.

»Ich habe seine Gegenwart gespürt. Und natürlich eilte ich, um die Kinder zu suchen. Ich rannte zurück in den Raum, in dem ich sie verlassen hatte. Doch sie waren verschwunden. Verschwunden! Könnt Ihr Euch mein Entsetzen vorstellen? Thantos' böser Lakai durchstreift die Klinik. Und ich … leidend, krank vor Sorge, fragte mich noch während meiner Suche, ob der Bote sie nicht am Ende schon gefunden hatte. Verflucht, Karsh!« Sie schleuderte die Perücke quer durch das Zimmer. »Werde ich den Rest meiner Tage in Eurer bleichen, faltigen Haut gefangen sein?«

»Es werden nicht viele Tage sein, wenn Ihr Euch nicht beruhigt. Wie sah er aus?«, beharrte Karsh. »Habt Ihr ihn erkannt? Alt, jung, groß, dick, Mann, Frau? War es überhaupt ein Mensch? Berichtet!«

»Ich habe nachgedacht«, erwiderte Ileana quälend beiläufig. Sie ließ sich in Karshs Lieblingssessel fallen und legte ihre Beine auf sein heiß geliebtes altes Kissen.

Sie streifte seine schwarzen Samtschuhe ab, die ihr viel zu groß waren. »Was wäre, wenn Thantos, der – wie wir ja alle wissen – ein Meister der Verwandlung ist, wirklich beschließen würde, die Mädchen persönlich zu verfolgen? Ich weiß, dass ihr das für unwahrscheinlich haltet. Aber dennoch … hätte er nicht mit Leichtigkeit eine andere Gestalt annehmen, sich selbst in den Boten verwandeln können? Die Kälte, die ich verspürte, war verblüffend stark – ebenso wie der Gestank des Bösen, der sie begleitete.«

»Möglich wäre es. Aber ich erwähnte bereits, dass es Thantos' Gewohnheit ist, andere für sich arbeiten zu lassen, er erteilt lieber Befehle«, erwiderte Karsh aufgeregt und wütend.
Da war es wieder, bemerkte Ileana, dieser merkwürdige Wechsel ins Karshs Verhalten, wenn sie andeutete, dass Thantos vielleicht selbst der Bote war.
Ruckartig setzte Ileana sich auf. »Großer und ehrwürdiger Mächtiger, was wollt Ihr mir damit sagen?«, fragte sie liebenswürdig. »Welch schreckliches Geheimnis verbergt Ihr vor mir? Was ist es, das Ihr wisst und mir nicht mitteilt?«
Nun war es Karsh, der auf und ab ging. »Nichts weiter«, erwiderte er barsch. »Lord Thantos schreckt gewöhnlich vor der Verantwortung zurück. Er zieht es vor, andere für die Aufgaben einzuspannen, die er als unter seiner Würde ansieht. Eine sehr schlechte Angewohnheit. Sagt mir, habt Ihr die Zwillinge denn gefunden, Ileana?«
»Natürlich. Als ich sie zuletzt sah, standen sie im Eingangsbereich des Krankenhauses und beschwatzten gerade ihre sommersprossige Freundin. Deren Mutter sollte sie doch bitte nach Boston fahren.«
»Zu welchem Zweck?«, erkundigte sich Karsh.
»Ich konnte nicht lange genug bleiben, um es herauszufinden. Ich musste den Boten suchen. Doch ich verlor seine Spur in einer anderen Abteilung, genauer in der Notaufnahme. So viele andere Gerüche dort übertönten den seinen. Alkohol, Jod, Desinfektionsmittel …«
»Was wollen sie denn wohl in Boston?«, grübelte Karsh.
»Einkaufen wahrscheinlich. Marble Bay kann sich ja nicht gerade mit Boston messen. Es sei denn, man vergleicht es mit Coventry Island.«
Karsh war in Gedanken versunken. Schließlich lächelte er. »Ihr

scheint Euch bereits gut erholt zu haben, Ileana. Seid wieder fast die Alte. Ich denke, es ist an der Zeit …«

»Wofür?« Ileana sah ihn neugierig an.

»Vorbereitungen zu treffen …«

»Karsh … Lord Karsh … Ist das Euer Ernst?«

Er nickte zustimmend. »Ihr habt Euch eine weitere Lehrstunde in der Kunst der Verwandlung verdient. Eine, die Ihr vielleicht schon bald im wirklichen Leben erproben könnt.«

Kapitel 20

FAHRERFLUCHT

Am Freitag in der Schule, als sie wie gewöhnlich mit Beth und den anderen gerade beim Mittagessen saßen, flüsterte Cam Alex zu: »Wir können die letzte Stunde nicht einfach blaumachen. Und ich fahre nicht mit dem Bus nach Boston. Nicht am Tag vor meiner Halloween-Party.«

»Aber die Gelegenheit ist optimal. Ich hab Emily schon erzählt, dass wir nach der Schule noch ein paar letzte Sachen für die Party einkaufen müssen. Ich hab nur nicht erwähnt, wo und wie lange es vielleicht dauert. Oder …« Alex grinste Beth an. »Wie wir da hinkommen.«

»Soll das etwa dein gewinnendes Lächeln sein, oder so was?«, grummelte Beth. »Sagt dir das was: ›Vergiss es‹? Oder wie wär's mit: ›Auf keinen Fall‹?«

»Genau«, sagte Cam. »Und mit: ›kein Bus …‹«

»Bisschen verwöhnt, wie?«, meinte Alex. »Außerdem ist es ja nicht so, als würden wir richtigen Unterricht schwänzen. Nur diesen Vortrag über Sicherheitsmaßnahmen. Die Feuerwehr von Marble Bay wird uns erzählen, dass man nicht mit Streichhölzern spielt, und das war's dann.«

Beths Gesicht hellte sich auf. »Hey, da kommt jemand, den das Ganze vielleicht auch interessiert.« Sie winkte begeistert.

»Jason! Hei, Jason! Camryn möchte dich um einen Gefallen bitten.«

»Das ist nicht witzig, Beth«, schalt Cam, während Jason Weissman, der schüchterne Oberstufenschüler, der offensichtlich in Cam verknallt war, zu ihnen herüberkam.

»Also, Cam und ihr Clown – ich meinte natürlich Klon, tut mir leid – brauchen jemanden, der sie irgendwo hinfährt, oder etwa nicht?«, verteidigte sich Beth. »Und wer hat einen Führerschein und einen Pizza-Lieferwagen?«

»Déjà vu«, flüsterte Alex ihrer Zwillingsschwester zu. Jason hatte ihnen schon einmal aus der Klemme geholfen, als sie die Popsängerin Marleigh Cooper gerettet hatten und jemanden mit einem Auto brauchten. »Hi, Jason.« Alex schenkte dem großen, dunklen und ernsthaften Jungen ein breites Lächeln.

»Hi«, erwiderte Jason ohne den Blick von Cam zu wenden.

»Würdest du den Vortrag schwänzen und uns nach Boston fahren, zum Newton College?«, fragte Alex ihn sehr eindringlich – denn es schien, als ob er nicht bei Bewusstsein war. Der gut aussehende Junge hatte sich in der Gegenwart ihrer Schwester zum Zombie gewandelt.

»Klar«, erwiderte er, noch immer ohne sie anzusehen.

»Musst du aber nicht«, sagte Cam schnell und warf Alex einen wütenden Blick zu.

»Kein Thema«, sagte Jason.

So einfach war das.

Sie mussten nicht mal den PITS-Lieferwagen nehmen. Jasons eigenes Auto – ein uralter, aber liebevoll instand gesetzter Volvo – stand draußen auf dem Parkplatz der Schule. Und Alex hatte nichts dagegen, sich auf dem Rücksitz auszustrecken. Es war sogar ein hervorragender Ort, um Ideen für einen mächtigen Zauberspruch zu sammeln.

»Was reimt sich denn auf Shepherd?«, rief sie Cam zu, die vorn neben dem ständig nach ihr schauenden Fahrer saß.

»Wieso Shepherd?«

»Jennifer Shepherd. Das Mädchen, zu dem wir wollen.«

»Ach so.« Cam verzog nachdenklich das Gesicht.

»Wie wär's mit gepfeffert?«, schlug Jason vor.

»Genial!«, beglückwünschte Alex den Jungen.

Das Prescott Newton Junior College lag einige Kilometer außerhalb von Boston. Seine efeubewachsenen Gebäude wurden von Grimassen schneidenden Wasserspeiern verziert.

Alex erwiderte den Gruß, als der Volvo vor dem gewölbten Haupteingang hielt. Jason hatte gesagt, dass er auf dem Parkplatz warten würde, und sie hatten versprochen, sich zu beeilen.

»Die Frage des heutigen Tages«, sagte Cam, während sie zum Verwaltungsgebäude hinübergingen, »ist bloß: Was machen wir, wenn wir sie tatsächlich finden?«

Alex reichte ihr den Block hinüber, auf dem sie den Zauberspruch notiert hatte.

Oh trügerisches Mädchen du,
lass Karen Richman nun in Ruh.
Dein übles Spiel
verursacht allen Leid.
Es ist nun an der Zeit ...
Oh Jennifer Shepherd
Du wirst gepfeffert.

Cam stöhnte. »Klingt holprig – und wieso ›gepfeffert‹?«

»Ich fand's ganz gut«, sagte Alex trotzig und nahm Cam den Block wieder weg. »Du weißt schon, gepfeffert und gegrillt.«

Ein lautes, schrilles Lachen lenkte sie ab. Alex wandte sich einer

Gruppe von Mädchen zu, die sich auf einer Bank in der Nähe versammelt hatten.

»Dieses Lachen hab ich doch schon gehört. Ist sie das? Sieht die nicht aus wie das Mädchen aus dem BMW?«

Cam warf einen Blick auf die gleiche Clique. »Die mit dem roten Pullover? Ja! Das ist sie!«

Alex trabte über den Rasen auf die Bank zu und zog Cam hinter sich her.

»Aber wir haben doch keine Kräuter dabei, keine Kristalle, keine Steine«, sträubte sich Cam. »Nur dieses … äh, Dingens, das du geschrieben hast.«

»Das ist kein Dingens. Das ist eine Beschwörung«, erklärte Alex gereizt. »Außerdem haben wir immer noch deine Psycho-Power und meinen fiesen Charakter.«

Die Unterhaltung verstummte langsam, als Cam und Alex sich der Bank näherten.

Das Mädchen mit dem roten Pullover sah sie ausgiebig an, musterte sie langsam von Kopf bis Fuß, blieb dann an den wie immer sehr unterschiedlichen Outfits der Mädchen hängen und brach dann wieder in Gelächter aus. »Genau rechtzeitig zu Halloween«, kreischte sie. »Aschenputtel, wie es leibt und lebt – vorher und nachher.«

»Und als was gehst du dieses Jahr – als Knacki?«, erkundigte sich Cam.

»Als … was bitte?«, sagte eines der anderen Mädchen. »Wovon redet die?«

»Meine Schwester will damit sagen«, erklärte Alex lächelnd, »dass eure Freundin Jennifer …«

»Du bist doch Jennifer Shepherd?«, fragte Cam sie.

»Shepherd und die Schafherde.« Alex betrachtete die glotzende Gruppe und beschloss, gleich auf den Punkt zu kommen. »Du warst mit Karen im Wagen, stimmt's? Das würde dich der Beihilfe schuldig machen …«

»Aber nein, aber nein«, widersprach Cam. »Beihilfe ist, wenn jemand beim Sport neben den Geräten steht und aufpasst, dass niemand runterfällt.«

Die Braunhaarige erhob sich nun langsam. Es wirkte jedoch eher so, als würde sie sich entfalten. Sie war sehr groß, viel größer noch als Beth, bemerkte Cam, als das Mädchen wütend auf sie hinunterblickte.

»Ich habe keine Ahnung, wer ihr eigentlich seid oder wer euch geschickt hat«, sagte sie, griff in ihre Tasche und holte eine Hand voll Geldscheine heraus. »Aber warum nehmt ihr nicht einfach ein, zwei Dollar und geht woanders spielen.«

Jennifer war offenbar urkomisch. Zumindest schien ihre Clique das zu denken. Alle kicherten und stießen sich mit den Ellenbogen an und lachten Cam und Alex offen aus.

Doch Alex hatte ihre Aufmerksamkeit auf die zerknitterten Scheine in Jennifers Hand gerichtet. Sie fragte sich, ob diese zu dem Bargeld gehörten, das Cade dem Mädchen gegeben hatte. Cam hegte dieselben Gedanken. *Schmutziges Geld*, hörte Alex sie.

Blutgeld, berichtigte Alex im Stillen. Und das verschaffte ihr einen umwerfenden Einfall.

Hervorragend, stimmte Cam zu, die den Plan mitverfolgt hatte. *Aber klappt das?*

»Versuch wert«, sagte Alex laut und reichte ihr wieder den Zettel mit dem Zauberspruch.

Cam überflog die Zeilen. »Alles klar«, sagte sie. »Und jetzt?«

Alex nahm ihre Hand. »Wir sagen es einfach auf. Hoffentlich spielen unsere Amulette nicht wieder verrückt. Mein Nacken tut mir immer noch weh.«

»Oh trügerisches Mädchen du«, begann Cam.

Jennifers Freundinnen, die gerade noch verhalten gekichert hatten, brachen nun in schallende Lachsalven aus.

»Lass Karen Richman nun in Ruh«, rezitierte Alex.

»Karen Richman?«, fragte jemand. »Habt ihr nicht mal zusammen gewohnt? Die hatte doch dann einen Nervenzusammenbruch, oder?«

»Ich fand sie ganz nett«, mischte sich ein anderes Mädchen ein. »Ich konnte es gar nicht fassen, dass sie weg ist vom College.«

»Dein übles Spiel verursacht allen Leid, es ist nun an der Zeit«, deklamierte Cam und war froh, dass Alex die letzte Zeile übernehmen würde.

»Oh Jennifer Shepherd«, schwor Alex, »du wirst gepfeffert!«

Das war's. Jennifer erbleichte, doch ihre Freundinnen hatten jetzt komplett die Beherrschung verloren. Sie brachen geradezu zusammen und krümmten sich unter den ungebändigten Lachsalven.

Alex aber konzentrierte sich auch weiterhin auf die Geldscheine in Jennifers Hand … die währenddessen zu bluten begonnen hatten.

»Hey, das ist nicht fair. Warte auf mich«, grummelte Cam, ergriff Alex' Hand und richtete ihren Blick ebenfalls auf das Geld.

»Das ist ja eklig«, rief eine der schlauen College-Freundinnen des Mädchens aus.

»Dein Geld, Jennifer. Es ist irgendwie total blutig!«, fiel eine weitere Schülerin in den Chorus ein.

Schmutziges Geld, dachte Cam. *Dreckig. Faulig. Verpestet.*

»Und es stinkt!«

Die ganze Horde hüpfte herum, alle hielten sich die Nasen zu. Dann rief jemand atemlos: »Maden!«

Mit einem Mal wimmelten die Scheine in Jennifers Hand vor schleimigen weißen Lebewesen, die aussahen wie sich windender Reis.
»Lass es fallen! Lass los!«, brüllten ihre Freundinnen, während sie angeekelt zurückwichen.
Jennifer versuchte, genau das zu tun, wedelte heftig mit ihrer Hand. Doch obwohl die weißen Würmer, die bereits bis zu ihrem Handgelenk hinaufgekrochen waren, in alle Himmelsrichtungen flogen und sich auch der faulige Geruch in Luft auflöste, blieb das blutende Geld an ihr kleben.
»Hilfe«, flehte sie Cam und Alex an, die als Einzige noch in ihrer Nähe waren.
»Aber sicher«, sagte Alex. »Komm einfach mit uns …«
»Zur Polizei in Marble Bay«, ergänzte Cam.
»Was ihr wollt!«, versprach das zitternde Mädchen. »Schafft mir nur dieses Geld vom Hals!«

Kapitel 21

HALLOWEEN

Eddie war aus dem Schneider. Cades Dad machte keine Anzeige gegen seinen Sohn. Karen begann mit einer Therapie. Jennifer wurde wegen Erpressung angeklagt. Und Nguyen befand sich auf dem Weg der Besserung.
Sie hatten also allen Grund zu feiern!
Eigentlich.
Außer dass Cam und Alex, als sie nach der letzten Vernehmung im Auto saßen und von der Polizeistation nach Hause fuhren, von einem seltsamen Gefühl beschlichen wurden. Eigentlich mehr so ein Nicht-Gefühl. Es war nicht wirklich Einsamkeit oder Niedergeschlagenheit oder auch nur Enttäuschung. Es war nur so eine stürmische Leere, als ob alles, was sie erreicht hatten, eigentlich nichts bedeutete. Und außerdem hatten sie noch immer nicht herausgefunden, wer nun der Bote war.
Auch Dave, der am Steuer saß, spürte, dass etwas nicht in Ordnung war. Sogar Emily kriegte es mit.
Nur Dylan, der zwischen seinen Schwestern auf dem Rücksitz saß, war zu überdreht, um zu bemerken, dass weder Cam noch Alex auf die Fragen antwortete, die er in rascher Folge auf sie abfeuerte. »Wie habt ihr rausgekriegt, dass Cade das Geld ge-

nommen hat? Wo kam dieses Mädchen her, das nach Giftmüll stank? Warum weinte diese Dame aus Vietnam?«

»Was ist los?«, fragte Emily schließlich, als sie wieder zu Hause angekommen waren. Sie strich eine Strähne von Cams Haar zurück, die über ihre wunderschönen grauen Augen gefallen war. »Süße, du hast doch heute Geburtstag …«

»Juchuu«, erwiderte Cam tonlos. Seufzend ging sie hinter Alex die Treppe hinauf.

Genau das war es, dachte sie. Sie hatten heute Geburtstag. Sie und Alex. Es war der erste Geburtstag, den sie zusammen verbrachten. Und sie wussten eigentlich nichts weiter über ihre Geburt, als dass an jenem Tag ihr wirklicher Vater gestorben war. Er war von seinem eigenen Bruder ermordet worden. Von ihrem Onkel. Der angeblich auch sie töten wollte. Was für eine verkorkste Familie!

Aber viel wichtiger war noch, was sie nicht wussten. Zum Beispiel, was aus ihrer Mutter geworden war.

Der Anrufbeantworter in ihrem Zimmer blinkte. Es gab fünf Nachrichten, die sie nicht abhörten – und auch ein paar E-Mails, die ebenfalls würden warten müssen.

Wenig später rief Beth an. »Herzlichen Glückwunsch zum Geburtstag ihr zwei!« Alex hatte sich auf ihrem Bett ausgestreckt, Cam saß auf einem Stuhl, die Füße auf dem Schreibtisch. Obwohl das Telefon direkt neben ihr stand, ließ sie den Anrufbeantworter anspringen. »Als was geht ihr denn jetzt heute Abend? Ruft doch mal an!«

Nachdem Beth aufgelegt hatte, verharrten sie einen Moment lang in Schweigen. Dann fragte Alex, ohne ihre Schwester anzusehen: »Also, was hat Doris Bass gesagt? Erzähl's mir noch mal.«

Cam spielte mit ihrer Kette herum, ließ das Amulett träge

daran hin- und herlaufen. »Na ja, ich soll dir ausrichten, wie gern sie dich hat und dass eine Menge Leute nach dir gefragt haben und dich grüßen lassen …«

»Über meine Mom«, unterbrach Alex sie. »Über Sara.«

»Mrs Bass war mit ihr zusammen auf der Schule«, erwiderte Cam. »Sie sagte, dass Sara keine Kinder bekommen konnte. Und sie kannte deinen … äh, deinen Dad, Dwight.«

»Ike«, sagte Alex kühl. »So hat man ihn genannt.«

»Sie hielt wohl nicht viel von ihm«, sagte Cam verlegen.

»Ich auch nicht«, versicherte Alex, die noch immer an die Decke starrte. »Das ist so ziemlich der einzige Lichtblick in dieser ganzen verworrenen Angelegenheit: dass ich den los bin.«

Cam warf einen Blick zu ihr hinüber. »Es geht gar nicht um Sara und Ike, stimmt's?«, fragte sie leise. »Es geht um …«

»Miranda. Ziemlich abgedrehter Name, findest du nicht?«, fragte Alex.

»Glaubst du, dass sie tot ist?«

»Kommt irgendwie auf dasselbe raus, was uns angeht.«

»Ich finde nicht«, entschied Cam.

»Thantos«, stimmte Alex ihr zu.

»Er hat behauptet, dass er uns zu ihr bringen kann.«

»Vielleicht meinte er, dass er uns zu ihrem Grab bringen kann.« Alex hatte versucht, ihrer Stimme einen gelassenen Tonfall zu verleihen, aber das Ergebnis war, dass sie sich wütend anhörte.

»Ich weiß. Daran habe ich auch schon gedacht«, sagte Cam. »Das wäre ja wohl ziemlich krank.«

»Hey, ich hab vor ein paar Monaten schon mal eine Mom verloren«, erwiderte Alex. »Auf eine mehr oder weniger kommt's jetzt auch nicht mehr an. Ich werde damit schon fertig.«

»Du vielleicht, aber ich nicht.« Cam setzte ihre Füße wieder auf den Boden, stand von ihrem Stuhl auf, durchquerte das Zimmer und ließ sich auf Alex' Bett plumpsen. »Weißt du was? Wenn er uns irgendwie schnappen würde – Thantos, meine ich. Wenn ich ihm jemals wieder begegne … ich glaube, ich würde mit ihm gehen. Ich würde sagen: ›Okay, bring mich zu meiner Mutter.‹«

Alex starrte weiter auf die Decke. Schließlich fragte Cam: »Und du?«

»Na, ich würde ja wohl mit dir kommen müssen, oder? Emily würde mich niemals allein hier bleiben lassen. Und ich könnte mich auch nicht für dich ausgeben …«

Eine Sekunde später setzte sich Alex ruckartig auf. »Als was gehst du denn eigentlich heute Abend?«

»Hm. Ich wollte meine Fußballklamotten anziehen«, gestand Cam. »Vielleicht wäre das ganz lustig, weil ich doch in der letzten Spielzeit dieses wichtige Spiel vergeigt habe. Aber wenn ich so drüber nachdenke, ist das eigentlich ziemlich bescheuert. Woran hattest du denn gedacht?«

»Ich wollte als ich selbst gehen. Das ist immer lustig«, erwiderte Alex.

»Jetzt mal im Ernst.«

»Das war mein Ernst. Aber jetzt ist mir was viel Besseres eingefallen. Es wird sie um den Verstand bringen.«

Um sechs Uhr abends hatte sich die Garage der Barnes mithilfe von Vorhängen, Kürbis-Laternen und künstlichen Spinnennetzen in eine gespenstische Höhle verwandelt. Dylan und seine Clique hatten die Dekoration und die Gruseleffekte übernommen.

Beth erschien als Erste zum Geburtstags-Gelage. Zur Begrüßung schwang sich ein kreischender Irrer in einem mit Ketchup durchtränkten Laken an einem Balken vor ihr hin und her. Um in die richtige Party-Stimmung zu kommen, zwang man sie, die Augen zu schließen und ihre Hand in eine Schüssel mit matschigen Spaghetti zu stecken, die sich anfühlten wie Würmer. Dylan persönlich bot ihr ein paar Augäpfel an – geschälte Weintrauben, die in lauwarmem Wasser schwammen.

Alex schien seltsam begeistert, als sie Cams allerbeste Freundin entdeckte, die sich als drahthaariger Peter Pan verkleidet hatte. »Bethie!«, schrie sie durch den Lärm des CD-Players.

»Bin ich zu früh dran?«, fragte Beth misstrauisch. Sie bemerkte, dass Cams Schwester aus Montana sich noch nicht in ihr Kostüm geworfen hatte. Es sei denn natürlich, dass dieses Durcheinander aus Haarklammern auf ihrem Kopf und die Masse klirrender Ohrringe schon alles war.

»Ich weiß ja, dass du sauer auf mich bist«, sagte Alex und hakte sich bei dem verblüfften Mädchen unter. »Ich meine, weil ich einfach so hier eingezogen bin und sich auf einmal alles um mich dreht. Aber falls du je daran gezweifelt hast: Du bist immer noch Cams weltbeste Freundin.«

»Und woher willst du das wissen?«

»Na ja, äh … weil sie es mir anvertraut hat«, erwiderte Alex.

»Wie schön für dich.« Beth riss sich los und verstaute ihren Schlafsack in einer Ecke am Fuß der Treppe. »Ich meine, mir ist durchaus auch schon aufgefallen, dass sie dir alles Mögliche anvertraut. Aber ist dir schon mal aufgefallen, dass sie mit mir nichts mehr zu tun haben will?«

»Komm schon, Bethie, das ist nicht fair«, sagte Alex und spielte nervös an ihrem Anhänger herum.

»Da ist doch der Beweis!« Beth zeigte auf die Kette. »Mir hat sie bisher noch nie erlaubt, dieses ach-so-kostbare Schmuckstück zu tragen.«

Sie wurden von Bree unterbrochen, die in einem Kleid hereinkam, das die Freundin ihres Vaters, Nebendarstellerin in irgendeiner Seifenoper, letztes Jahr zu einer Preisverleihung getragen hatte. »Ich schrei gleich so was von los!«, begann sie ihren Auftritt. »Diese Augapfel-Sache war ja wohl e-kel-haft! Wessen Einfall war das denn? Deiner?«, fragte sie und überreichte Alex ihren Schlafsack.

»Ist das irgendein Gesellschaftsspiel aus Montana?«, neckte Kristen, die nach ihr reinspazierte und sich als Lara Croft verkleidet hatte, der Heldin aus Tomb Raider.

»Ach Quatsch.« Cam kam die Treppe hinunter. »Die in Montana spielen: Wer dem Auto als Letztes ausweicht, hat verloren.«

»Ist ja widerlich. Wo ist denn dein Kostüm?«, fragte Kristen.

»Hast du dir die Haare geschnitten?«, erkundigte sich Bree. »Zottig steht dir echt gut. Total hippiemäßig.«

»Das liegt alles an diesem neuen Schaumfestiger«, sagte Cam und fuhr sich mit der Hand durch ihren Wuschelkopf. »Wo ist denn der Rest des Altmetalls? Herrje, tut mir leid, ich wollte natürlich ›Sixpack‹ sagen …«

Ein tiefes Lachen verkündete, dass auch Sukari eingetroffen war. Sie warf ihr Bettzeug auf den Haufen in der Ecke. »Buenos días, meine Süßen!«, begrüßte sie ihre Freundinnen. Sie trug einen mexikanischen Poncho und Sandalen – doch ihr gebleichtes Haar war unter einer rot-, grün- und schwarz gestreiften Häkelmütze versteckt, von der krause Rastalocken baumelten.

»Na seht mal an: Unsere Klassenstreberin lässt ihr wahres Ich raushängen!« Kristen schlug Sukari bewundernd auf die Schulter. »Was stellst du denn dar? Kulturen aller Länder vereinigt euch?«

»Wo bleibt denn Amanda?«, fragte Alex. »Sie sollte doch mit euch kommen.«

Sukari, die sich über Alex' Interesse wunderte, antwortete: »Sie hat mich vor zehn Minuten angerufen und gesagt, dass es ihr nicht so gut geht …«

Ein Schrei ertönte aus der Garage, gefolgt von einem dumpfen Aufprall und einem Stöhnen. Alle drehten sich sofort um.

»Hach, diese Geisterbahn-Szene war ja so was von gruselig.« Madison erschien, bekleidet mit einem undefinierbaren rosa Kostüm, zwei Hasenohren ragten aus ihren matten Haaren hervor. »Dylan ist ja irgendwie total kreativ. Und dieser Typ, der an dem Balken schwang … ihr wisst schon, der mit diesem widerwärtigen Laken mit all dem roten Ekelzeugs drauf? Sein Seil ist gerissen!«

»Oh nein! Das ist ja schrecklich«, sagte Beth.

»Nein, nein, mach dir keine Sorgen. Mir ist nichts passiert«, versicherte Madison. Sie wirbelte herum und führte ihr Hasenkostüm vor – sogar ihre Füße steckten in Stoffpfoten, die ganze Sache glich dem Babyschlafanzug, den Cam früher getragen hatte. »Gefällt's euch? Haaalt, Moment!« Madison drehte allen den Rücken zu und angelte irgendetwas aus einer Tasche, die sich in dem rosa Plüschanzug befand. Als sie sich ihnen wieder zuwandte, trug sie Hasenzähne – zwei lange, weiße Nagezähne, die bis über ihre Unterlippe hingen.

Cam verlor die Beherrschung, ebenso wie Sukari, Beth und Kristen. Doch Alex musste nicht einmal lächeln, während sie das absurde kleine Kaninchen musterte. Und Bree, der beim Anblick von Madison die Kinnlade heruntergefallen war, stieß schließlich hervor: »Entschuldige bitte. Von welchem Planeten warst du noch mal?«

In diesem Moment stürzte Dylan ins Zimmer. »Das war total idiotisch«, schrie er Madison an. »Er hätte sich das Genick brechen können.«

Madison grinste ihr groteskes Hasengrinsen. »Völlig«, zischte sie Cams Bruder an. »Hat er aber nicht, oder?«
»Was geht hier vor sich?«, fragte Cam an Dylan gerichtet. Doch bevor er ihr eine Antwort geben konnte, wehte eine rothaarige Hexe mit einer orangefarbenen Katze in den Raum. »Na, amüsiert ihr euch auch schön?«
»Amanda!«, rief Alex laut aus. »Ich dachte schon, du kommst nicht mehr.«
Alle starrten Alex an, die ziemlich überbegeistert auf das Erscheinen ihrer Freundin zu reagieren schien. Nur Amanda selbst wandte sich stattdessen Dylan zu und flüsterte: »Ist schon okay. Ich habe mich um deinen Kumpel gekümmert. Aber vielleicht sollte er eine Zeit lang dieses Seil in Ruhe lassen.«
Dylan fielen fast die Augen aus dem Kopf. »Wow, du bist ja echt gut in diesem ›ganzen‹ Zeugs …«, sagte er zu der Hexe mit dem spitzen schwarzen Hut.
»Ganzheitlich«, verbesserte Amanda ihn. »Funktioniert fast wie Zauberei. So, jetzt kannst du wieder gehen.«
Cam hatte ihren Wortwechsel mit angehört. »Äh … Manda?«, fragte sie und betrachtete das Mädchen misstrauisch, deren blasse Augen heute Abend irgendwie gar nicht blau zu sein schienen. Sie wirkten beinahe grau. Schwarz umrandet und grau.
Da sie Cams Überraschung bemerkte, blinzelte Amanda angestrengt. Als sie ihre Augen wieder aufschlug, waren sie blau.
»Ich … ich hab mich wohl vertan«, sagte Cam verunsichert.
»Wo hast du denn diese Katze her? Wo ist Willis?«, fragte Sukari ihre Freundin. »Willis ist Mandas teuflischer schwarzer
Kater«, erklärte sie Alex, die unerwartet erwiderte: »Ich weiß.«
»Ach ja?«, zweifelte Kris.

»Cam kennt Willis doch schon ewig«, sagte Amanda.

»Das stimmt. Cam schon.« Sukari deutete auf das ohrringbehangene Mädchen mit den Haarklammern. »Aber das ist doch Alex«, behauptete sie.

»Ich dachte, du wärst so unheimlich schlau?« Amandas rote Locken hüpften wie Stahlfedern auf und ab, als sie ungläubig den Kopf schüttelte. »Begreift ihr es denn nicht? Das ist ihr Kostüm. Cam geht als Alex und Alex soll Cam sein.«

»Quatsch«, widersprach Cam. »Lass dir deine Verkleidung nicht zu Kopf steigen, Manda. Du bist immer noch keine richtige Hexe.«

»Jetzt wo du es sagst«, erwiderte Amanda. »Ich bezeichne mich selbst gerne als …«

»Göttin?«, fragte Sukari und lachte.

Amanda wirbelte herum und starrte sie an. »Völlig. Woher wusstest du das?«

»Ach, als ob du nicht in letzter Zeit Abertausende von Büchern zu dem Thema ausgeliehen hättest?« Sukari zählte sie an ihren Fingern ab. »*Die innere Göttin. Arbeitsbuch für Göttinnen. Wie ich die Göttin in mir entdecke. Die Göttinnen-Diät* …«

»Hervorragend. Volle Punkte für mich!«, jubelte Amanda, während Madison die Zwillinge beobachtete und schockiert von einer zur anderen blickte.

»Ihr habt die Plätze getauscht«, sagte sie anklagend und fügte dann mit einem bizarren Nagezahngrinsen hinzu: »Das wusste ich natürlich schon.«

Die Katze in Amandas Armen machte plötzlich einen Buckel und fauchte das Mädchen in dem rosa Plüschkostüm an.

Madison wand sich. »Huuuh, ich bin irgendwie total allergisch gegen Katzen«, teilte sie mit und machte einen Satz nach hinten. Ein eisiger Luftzug entstand.

»Friert sonst noch jemand außer mir?« Amanda streichelte das gesträubte orangefarbene Fell der Katze. »Herrin im Himmel, was riecht denn hier so eklig?« Sie wedelte mit der Hand durch die Luft zwischen sich und Madison. »Bah«, platzte es aus ihr heraus. »Du stinkst.«

»Sehr taktvoll, wirklich, Amanda!« Bree war schockiert.

»Lernt man so was etwa auf der Göttinnen-Schule?«, fragte Kristen.

»Herrje, ich kann schließlich auch nichts dafür, dass dieser Hasenanzug älter ist als Mick Jagger. Kann sich halt nicht jeder ein nagelneues Kostüm leisten.« Madison war empört. Und sie weinte.

Sukari warf Amanda einen Wie-kannst-du-nur-Blick zu und eilte zu dem heulenden Mädchen hinüber. »Es ist aber wirklich kalt geworden hier drin«, sagte sie und legte Madison tröstend einen Arm um die Schulter. »Irgendwie zieht es unheimlich … und … und …« Ihre Nasenlöcher zuckten angewidert und sie wich zurück.

»Ich brauch ein Taschentuch«, wimmerte Madison und sah Alex mit tränenverhangenen Augen an – nur dass es in Wirklichkeit Cam war.

»Klar. Ich hol dir eins.« Auf dem Weg in ihr Zimmer flüsterte Cam der katzentragenden Hexe zu: »Manda. Was sollte das denn?«

»Entschuldige, Cami. Tut mir leid«, erwiderte der Rotschopf.

Alex hakte sich bei Cam ein. »Ich komme mit«, bot sie rasch an. »Ich hab's auch gerochen«, meinte sie und schloss die Tür zum Nebenzimmer hinter ihnen ab.

»Was hast du gerochen?«

»Diesen vollkommen ekelerregenden Gestank. Er geht von Madison aus, eindeutig.«

»Oh Als! Sie hat doch erklärt, woran das liegt. Das kommt aus diesem schäbigen Hasenkostüm.«
»Dann müsste sie es schon günstig von einer Wasserleiche erworben haben.«
Ein eisiger Luftzug wehte unter der Tür hindurch. Alex fröstelte in ihrem Cam-Kostüm aus Kaschmir. »Und die Gänsehaut auf deinen Armen«, fragte sie ihre Zwillingsschwester. »Wie erklärst du dir die?«
Langsam fiel bei Cam der Groschen. Sie hatte schon drei Pakete Tempos für Madison in der Hand, als sie sich zu Alex umdrehte. »Du willst also behaupten, dass Madison der Bote ist?«
»Planst du noch immer einen Besuch bei Thantos und Mom?«, fragte Alex sarkastisch. Mit einem Mal klapperten ihre Zähne vor Kälte.
Cam setzte sich auf das Ledersofa und schlang die Arme um ihren Körper. »Ich fasse es nicht. Es ist alles so abgefahren.«
»Das kannst du wohl laut sagen. Also noch einmal …« Alex wartete. »Hast du das neulich ernst gemeint? Dass du mit Thantos gehen würdest, wenn sich die Gelegenheit ergibt? – Die Gelegenheit hättest du jetzt.«

Kapitel 22

DER HORROR

Durch die geschlossene Tür konnten sie das huschende Geräusch von Madisons munteren Füßen auf dem Korridor hören. Alex legte einen Finger an die Lippen und bedeutete Cam, still zu sein, während sich die winzigen Schritte des Mädchens näherten, das offenbar noch immer in dem stinkenden Hasenkostüm steckte. Man roch es durch die Tür.

Dann stand sie plötzlich im Zimmer und brachte den beißenden Geruch überreifen Käses mit sich.

Die Tür hinter ihr war noch immer verschlossen.

Alex konnte die Augen nicht von Madison abwenden. Sie sah so seltsam aus. Ein rosa Kaninchen mit zwei langen Zähnen – die jetzt auf einmal noch länger wirkten als vorhin. Aber wie sollte das möglich sein?

Ja, sagte Cam im Stillen. *Du hast Recht. Diese Zähne sind wirklich länger. Und glänzender. Und spitzer …*

»Cam. Alex. Wie cool!«, quietschte Madison begeistert. »Ich wollte so was von unbedingt allein mit euch sprechen.«

Alex ließ sich neben ihre Zwillingsschwester auf das Sofa plumpsen und ergriff Cams Hand. »Worüber willst du mit uns sprechen?«, fragte sie, während der überwältigende Geruch ihr die Kehle zuschnürte.

»Über … euren Onkel!« Madison grinste. »Den mächtigen Lord Thantos. Ich werde euch zu ihm bringen.«

»Ach ja?« Das Mädchen, der Bote, was auch immer sie sein mochte, war klein, dünn und schwach, dachte Cam. Auch wenn ihre Zähne inzwischen gefährlich spitz aussahen und sie sich langsam auseinanderschoben.

Sie kann uns nirgendwohin mitnehmen, stimmte Alex zu. *Es sei denn, dass wir einverstanden wären. Sind wir das?*

»Und er«, fuhr Madison ausgelassen fort, »der mächtige, große und ehrenwürdige …« Die Lücke zwischen ihren Hasenzähnen war inzwischen mehrere Zentimeter breit. »Lord Thanfos«, lispelte sie, »kann euch fu eurer Mutter bringen.«

Ich will sie sehen, Alex. Du nicht?

Irgendwann schon. Der Geruch war unglaublich. Und die Kälte. *Aber nicht jetzt*, beschloss Alex. *So nicht.*

Cam stand auf und musste sich zusammenreißen, um sich nicht die Nase zuzuhalten. »Es tut mir leid, Madison, aber wir kommen nicht mit.«

Spöttisch legte Madison den Kopf schräg. »Bitte?«

Alex stieß sich vom Sofa hoch. »Kein Bedarf«, sagte sie und konnte nur mit Mühe ein Würgen unterdrücken. »Wir kommen nicht. Aber danke für das Angebot.«

Bildeten sie es sich nur ein oder ähnelte Madisons Gesicht immer stärker dem einer Ratte? Und diese seltsamen Zähne, die spitzer geworden waren und sich auseinanderbewegt hatten – sie sahen inzwischen aus wie Reißzähne.

Cam wich einen Schritt zurück. »Na, wir sollten dann wohl mal besser wieder zur Party stoßen«, sagte sie schwach. »Die anderen warten bestimmt schon auf uns.«

Mit einem Mal wurde das Rattengesicht schuppig. Und entwickelte einen schlimmen Fall von Akne. Rote Beulen brachen durch die grobe Haut. »Puh«, sagte Cam, »du bist ja wirklich megaallergisch. Wenn ich das gewusst hätte, dann hätte ich Amanda auf jeden Fall gesagt, dass sie die Katze zu Hause lassen soll …«

»Amandaf Katfe? Waf redeft du denn da für einen Blödfinn?«

Madisons Sprachfehler hatte nichts Komisches an sich. Ihre Stimme war tiefer geworden. Die Höcker auf ihrem Gesicht verwandelten sich zusehends in Geschwüre. Und während sie wuchsen, wuchs auch das Mädchen. Mit einem lauten Reißen brachen Madisons Füße durch den rosa Stoff ihres Kostüms. Auch sie waren mit Geschwüren übersät, aus denen eine schleimige weiße Flüssigkeit quoll, die zwischen ihren Zehen entlangrann. Alex hielt sich vor Entsetzen die Hand vor den Mund, als sie bemerkte, dass Madisons Füße nunmehr mit dicken und gefährlich scharfen gelben Nägeln ausgerüstet waren. Instinktiv griff Cam nach ihrem Sonnen-Amulett. »Also wirklich, Mad«, sagte sie mit zitternder Stimme, »gleich soll doch der Geburtstagskuchen angeschnitten werden …«

»Schokolade«, ergänzte Alex schwachsinnig.

Es folgte ein lautes Krachen, das die Zwillinge nahezu betäubte. Cam schüttelte ihren Kopf und versuchte, wieder zu sich zu kommen. Als sie schließlich wieder sehen konnte, war Madison verschwunden. An ihrer Stelle stand ein Ungeheuer. Ein Monster mit Fangzähnen und Klauen und brodelnder, schuppiger Echsenhaut, die jeden Zentimeter seines Körpers bedeckte.

Als es Cams Furcht bemerkte, lachte das Vieh. Der faulige Gestank seines Atems zwang Alex in die Knie. Und brannte so in Cams Augen, dass sie fast erblindete. Dampfende heiße Nebel durchzogen die Luft. Sie konnte kaum erkennen, wie die abscheuliche Bestie die letzten rosa Stoffreste abriss, die noch an ihrem Körper klebten.

»Runter, Cam. Knie dich neben mich«, befahl Alex und umklammerte ihr Halbmond-Amulett. Genau in dem Moment, in dem Cam neben ihr auf den Boden sank, presste Alex ihren Anhänger gegen den ihrer Schwester. Die Schmuckstücke rasteten mit einem Schlag ineinander, der den Raum erbeben ließ.

»Oh wundersame Vollmondnacht«, begann Alex und versuchte wieder, sich an die unbequeme Verbindung mit ihrer Zwillingsschwester zu gewöhnen.

»Äh … wir kannten …« Unter Schmerzen öffnete Cam die Augen, aber sie sah nichts als Licht und Schatten. »Wir kannten unsre Eltern nie …«

»Doch zauberkräftig waren sie«, flüsterte Alex und versuchte, ihre goldene Kette wenigstens ein Stückchen zu dehnen. »Verlass uns nicht in unsrer Not …«

»Jetzt, wo Gefahr und Tod uns droht!«, ergänzte Cam mit einer Mühelosigkeit, die sie überraschte und erfreute. »Und nun?«

»Wir brauchen nur noch eine Zeile, die sich auf Nacht reimt«, beschloss Alex.

»Wacht, sacht, kracht, Macht … Genau! Errette uns durch deine Macht.«

»Umwerfend. Du bist wirklich die Königin der Verse«, beglückwünschte Alex Cam.

»Ich dachte, das hättest du dir einfallen lassen«, erwiderte Cam blinzelnd.

Die Nebel lichteten sich.

»Genug«, befahl eine flüsternde Stimme neben ihnen.

»Amanda?« Cam versuchte, die Stimme einzuordnen.

»Ileana«, vermutete Alex.

»Schlaue kleine Hexen.« Der Hexen-Vormund grinste.

»Was habt Ihr hier zu suchen?«, brüllte das Monster.

Cam und Alex zitterten und duckten sich wieder.

»Das könnte ich Euch ebenso gut fragen, Fredo«, hörten sie Ileana in Amandas sanftem Tonfall erwidern. »Nur dass ich die Antwort schon kenne.«

»Klugscheißer«, dröhnte das Monster.

»Mein Gott, Fredo, Ihr seid ekelhaft. Und weitaus zu groß.«

»Kommt mir nicht in die Quere, Ileana«, warnte er.

Cam sah einen verschwommenen orangefarbenen Fleck, der von Amandas schwarz gekleideter Schulter auf den Rücken des Monsters sprang. Fredo stieß ein markerschütterndes Kreischen aus, als die Katze landete. »Boris! Nein!« Seine tiefe Stimme brach. »Das ist nicht fair, Ileana«, wimmerte er. »Ihr wisst doch, wie allergisch ich bin!«

»Entschuldigt bitte«, erwiderte Ileana unaufrichtig. »Kehrt zu Eurem Herrn zurück, Hund. Und überbringt ihm eine Nachricht.« Sie wandte sich an Alex und Cam. »Steht auf!«, befahl sie Cam und Alex. »Nehmt eure Amulette in die Hand und sagt euren Zauberspruch auf.«

Die Zwillinge gehorchten.

Oh wundersame Vollmondnacht:
Wir kannten unsre Eltern nie,
doch zauberkräftig waren sie.

Während sie die Worte der Beschwörung aussprachen, begann Fredo zu schrumpfen. Und seine Gestalt zu ändern. Das Monster verwandelte sich wieder in einen Menschen – doch es war nicht Madison, die aus der Echsenhaut zum Vorschein kam.

»Richtet Thantos aus«, knurrte Ileana die mutierende Kreatur an, »dass seine Beute die Stärke und die Zauberkraft ihrer Eltern besitzt. Und ihre Fähigkeiten nur zu guten Zwecken einsetzen wird. Nicht, um ihren gierigen Onkel zu bereichern.

Nicht, um dem Mörder ihres Vaters zu dienen. Sondern um so zu handeln, wie es unserer aller Bestimmung ist – mit Ausnahme der Mitglieder Eurer verwünschten Sippe … Die beiden werden die unschuldigen Wesen auf dieser Welt beschützen und ihnen helfen.«

Echsenmonster hatte sich in einen Mann verwandelt. »Was fällt Euch ein, mir einen Vortrag über diese aufdringlichen Gören zu halten, die ich seit dem Tag ihrer verfluchten Geburt kenne?«, donnerte er. Der Mann hatte stechende Augen und ein Helm aus fettigen schwarzen Haaren klebte hinter seiner breiten Stirn. Ein dürrer Ziegenbart wuchs wirr an seinem spitzen Kinn. Er war kleiner als Ileana und wirkte erschöpft von der Anstrengung des Gestaltannehmens.

Cam und Alex starrten ihn mit offenem Mund an.

»Weiter«, knurrte Ileana. »Ihr wart doch noch nicht fertig!«

Es war beinahe, als erwachten sie selber aus einer Verwünschung, und sie fuhren fort:

Verlass uns nicht in unsrer Not,
jetzt, wo Gefahr und Tod uns droht,
errette uns durch deine Macht.

Als Cam und Alex die letzte Zeile ausgesprochen hatten, lösten sich ihre Amulette voneinander.

Sie rieben sich gerade voller Dankbarkeit den Nacken, als es an der Tür klopfte. »Cam? Alex? Alles in Ordnung?«, erkundigte sich Emilys sanfte Stimme. »Ich glaube, inzwischen sind alle da. Und der Kuchen ist auch fertig.«

»Wir kommen sofort«, rief Alex.

»Danke … äh, Mom«, fügte Cam hinzu.

Sie wandten den Blick auf Ileana in ihrem schwarzen Hexenkostüm. Sie hatte Fredo an seinem dürren Nacken gepackt, hielt ihn aber am ausgestreckten Arm. Der erschöpfte Ziegen-Mann funkelte Cam und Alex wütend an. »Haaach, das wird euch noch leidtun«, zischte er jetzt. »Wir sind noch nicht fertig miteinander.«

»Wenn ich ein Bändchen hätte«, lachte Ileana, den Mädchen zugewandt, »dann würde ich euch beiden dieses jämmerliche Geschenk schön verpacken. Leider kann ich nicht mit euch Kuchen essen. Ich muss diesen stinkenden Hauptgewinn zurück auf die Insel bringen. Ab mit euch, schelmische Hexen, geht und feiert euren Geburtstag. Nächstes Jahr wird euer sechzehnter sein. Und wir werden ihn gemeinsam begehen – auf Coventry Island.«

»Kannst du wieder sehen?«, fragte Alex, fasste Cam bei der Hand und stieß die Tür auf.

»Mehr oder weniger«, sagte Cam, während sie in den Flur hinaustraten, der seltsam dunkel war.

»HERZLICHEN GLÜCKWUNSCH!«, schrie es auf einmal aus jeder finsteren Ecke.

Und dann gab es Kerzenlicht. In Mengen.

Einunddreißig Kerzen auf einem monströsen Schokoladenkuchen – fünfzehn für Cam, fünfzehn für Alex und eine für die Zukunft – erleuchteten Daves stolzes Gesicht ebenso wie das von Emily und Dylan und seiner Clique, von Cams Freundinnen und Cade Richman und seiner Schwester Karen und vom kleinen Nguyen in den Armen seiner Mutter und von Jason aus dem PITS und – war es denn die Möglichkeit? – von Eddie Robins, dessen glatt rasierter Schädel das flackernde Kerzenlicht widerspiegelte und dessen einsamer Ohrring funkelte und auf dessen Mondgesicht ein Lächeln leuchtete, das noch nie zuvor ein Mensch gesehen hatte.

Kapitel 23

DER HEILIGE BAUM

Ein alter Mann, der ganz in Schwarz gekleidet war, erklomm den Hügel im Mariner's Park. Auf halbem Weg zum Baum, zu Cams Baum, blieb er stehen, um sich den Schweiß von seiner bleichen Stirn zu tupfen und wieder zu Atem zu kommen.

»Und ich soll stur sein«, spottete eine Stimme über ihm. »Ich hätte Euch in null Komma nichts auf diesen Hügel befördern können.«

»Es ist aber meine Gewohnheit zu laufen«, sagte Karsh schwer atmend.

»Die Zeiten ändern sich. Menschen ändern sich. Und deshalb, alter Hexer, ändern sich auch die Gewohnheiten.« Ileana saß im Schneidersitz unter dem Baum und feilte ihre Nägel, während sie auf ihn wartete.

»Einige Menschen«, erwiderte Karsh keuchend, obschon er eigentlich hatte lachen wollen, »ändern sich nicht. Sie werden nur intensiver. Ihr selbst, beispielsweise …«

»Muss das sein?«

»Ihr habt schon als Kind kein Blatt vor den Mund genommen«, bemerkte der bejahrte Mächtige. »Ihr wart ein unhöfliches Mädchen und Ihr seid eine überaus respektlose Erwachsene geworden …«

»Wohl wahr. Allzu wahr.« Ileana grinste. »Aber ich bin auch eine bemerkenswerte … Göttin. Selbst Rhianna war beeindruckt, als ich Fredo auf ihrer Schwelle absetzte. Sie sind schon jahrelang hinter ihm her – wegen Beihilfe oder Anstiftung oder irgend so etwas – hat mir Ihre Majestät, Lady Kartoffel, erzählt.«

»Hat Lady Rhianna Euch die Einzelheiten seines Verbrechens erklärt?«

»Vielleicht solltet Ihr lieber fragen, ob ich mich danach erkundigt habe! Ich war so froh, dieses faulige Paket endlich loszuwerden, dass ich sie einfach beide habe stehen lassen. Stinken alle von Thantos' Untergebenen so?«

»Bildlich gesprochen …« Karsh grinste. »Aber ich vermute, dass es Fredos Strafe war. Weil er den Auftrag hatte, die Mädchen im Krankenhaus zu schnappen, doch er hat sie entkommen lassen. Ich kann mir vorstellen, dass er ziemlich überrascht war, Euch dort anzutreffen – obwohl er dachte, dass ich es sei.«

»Ich habe Euch doch gesagt, dass meine Vorstellung in der Klinik genial war! Worauf wollt ihr also hinaus? Dass Thantos seinen Fredo in einem Misthaufen gewälzt hat, weil es dem dummen Klotz nicht gelungen ist, Cam und Alex zu kriegen? Ist es das, was ihr meint?«

»Das vermute ich. Es wäre nicht das erste Mal«, sagte Karsh. »Wir können nur hoffen, dass sein nächster Bote besser riecht.«

»Sein nächster Bote?«, wiederholte Ileana.

»Und der danach … bis er sie in die Falle gelockt hat – oder aber wir ihn. Und nun, Ileana: Steckt die Nagelfeile weg. Ihr befindet Euch auf geheiligtem Boden.«

»Was denn? Dieser Grashügel hier?« Ileana stand hastig auf, verstaute die Nagelfeile in ihrem Kräuterbeutel und streckte Karsh die Hand entgegen, um ihm die letzten Schritte hinaufzuhelfen.

»Habt Dank, gutes Kind«, sagte er und lehnte sich gegen die hohe Ulme.

»Nun, ich will schließlich nicht, dass ihr mich in faulen Eiern badet«, lachte sie. »Setzt Euch. Ihr seid ja ganz außer Atem. Es wird einem Erleuchteten doch wohl erlaubt sein zu rasten – selbst an einem geheiligten Ort.«

Karsh streichelte den Baum so zärtlich wie einen Menschen. »Eines Tages möchte ich hier zur Ruhe gelegt werden«, sagte er. »Bei den Geistern meiner Vorfahren.«

Ileana trat auf den Baum zu. Ehrfurchtsvoll streckte sie die Hand aus, berührte den Stamm aber nicht. »Ist es dieser Baum? Ich dachte, der wäre in Salem.«

»Kommt auf dasselbe raus«, erwiderte Karsh traurig. »Viele Hexen wurden in jener Zeit der Angst und der Unwissenheit hier gehenkt. Meine eigene Urgroßmutter war eine von ihnen. Sie war eine große Heilerin. Heutzutage wäre sie vielleicht eine berühmte Ärztin. Damals gab es noch keine Frauen, die diesen Beruf ausübten. Es gab nur Begabte, die Widerstand leisteten gegen dummen Aderlass und ungesunde Gifte …«

»Könnt Ihr Euch an sie erinnern?«, fragte Ileana.

»So alt bin ich nun auch wieder nicht«, lachte Karsh. »Aber sie ist mir von Zeit zu Zeit im Traum erschienen.«

»Ich wünschte, ich wüsste, wer meine Vorfahren waren«, schmollte Ileana. »Ich kenne ja nicht einmal meine Eltern. Wie alt war ich, als Ihr mich fandet?«

Sie kannte die Antwort natürlich, doch Karsh erzählte es ihr noch einmal. »Etwa drei Monate. Nur wenig älter als die Zwillinge, als wir sie in unsere Obhut nahmen. Was glaubt Ihr wohl, was Euer erstes Wort war?«

»Ihr habt es mir bereits erzählt. Mehrfach. Mein erstes Wort war Nein. Ihr strecktet die Hand aus, um mich vom Boden aufzuheben, wo ich lag, und ich sagte: ›Nein.‹ Vielleicht habe ich es auch so gemeint«, grübelte Ileana betrübt. »Vielleicht wäre es besser für mich gewesen, wenn ich dort geblieben wäre, bis derjenige zurückgekehrt wäre, der mich dort niedergelegt hat.«

Es schmerzte den alten Mächtigen, Ileana so traurig zu sehen. Wenn er ihr doch nur alles erzählen könnte. Wer ihre Eltern waren. Und warum die Ratsversammlung beschlossen hatte, dass sie es nicht wissen durfte.

Eines Tages würde er es ihr erzählen, schwor sich Karsh. Und bei diesem Versprechen fühlte er, wie der Baum unter seiner Hand sich erwärmte.

Er hatte diese Wärme schon einmal verspürt. Damals, beim ersten Mal, hatte er es für die Morgensonne gehalten, die auf die zerfurchte Rinde des Baumes schien.

Auf ebendiesem Hügel hatte er gewartet, eines der Babys in seinen Armen. Er hatte sich gefragt, ob er das Amulett entfernen sollte, wie es Ileana angeordnet hatte. Er hatte sich gefragt, ob er die richtigen Eltern für das Kind gewählt hatte. Den richtigen Beschützer.

Karsh hatte David Barnes auf einem Seminar über die Alten Künste kennengelernt. Der Anwalt war neugierig und von dem, was er hörte, begeistert – kein geborener Hexer jedoch.

Er verfügte über ein gewisses Feingefühl. Er spürte, wenn sich Böses anbahnte – aber er konnte die Gefahr nicht deutlich genug ausmachen. Wenn er all seine Konzentration aufbrachte, dann konnte David Barnes einen Löffel erzittern lassen, die Buchstaben beeinflussen, die beim Gläserrücken erschienen, oder ein solches Unwohlsein in einem Lügner hervorrufen, dass er die Wahrheit sagte.

Er war, wie Dave selbst es ausdrückte, verrückt nach Unschuld. Er war Anwalt geworden, um Gutes zu tun.

Und dennoch war sich Karsh nicht sicher gewesen, ob Dave und seine freundliche und geduldige Frau Emily die passenden Eltern für ein solch ungewöhnliches Kind waren.
Dies hatte Karsh vor fünfzehn Jahren beschäftigt, als er darauf wartete, dass David Barnes erschien.
Und in jenem Moment hatte seine Urgroßmutter zum ersten Mal außerhalb eines Traumes zu ihm gesprochen. Der Baum hatte sich erwärmt. Und ihre Stimme, stark und jung – denn sie war erst dreiundzwanzig Jahre alt gewesen, als man sie henkte – hatte ihm besänftigende Worte zugeflüstert.
Wohl habt Ihr gewählt, Sohn meiner Tochter Sohn. Seine Entscheidung war die richtige gewesen; jetzt wusste er es.
Wieder blickte er Ileana an. Aber hatte er auch die richtige Entscheidung getroffen, hatte der Rat es getan, als er beschloss, dass Ileanas Herkunft ein Geheimnis bleiben sollte?
»Erzählt!«, befahl die schöne junge Hexe mit einem Mal. »Ich habe Euch gehört, Karsh. Ich habe Eure Gedanken gehört. Ihr wisst, wer meine Eltern sind und Ihr sagt es mir nicht! Das darf nicht sein. Ihr müsst es mir erzählen! Es ist nicht fair. Selbst die Zwillinge kennen die Namen ihrer Eltern …«
»Bald, Ileana«, sagte er.
Bald, wiederholte die Stimme seiner Urgroßmutter. Sehr bald.
Ileana vernahm die Worte des Baumes.
»Schwört es mir, Karsh. Schwört es bei diesem heiligen Baum. Schwört beim Grabe Eurer Urgroßmutter. Bei diesem Ort, an dem Cam ihrem Beschützer übergeben wurde …«
»Ich schwöre«, sagte Karsh. »Vor meinem Tod werde ich den Zwillingsschwestern das Schicksal ihrer Mutter enthüllen – und Euch den Namen Eures Vaters.«
»Bald, sagtet Ihr«, drängte Ileana.
»Ja, mein Kind. Sehr bald.«